Fanny zu Reventlow

Der Selbstmordverein

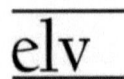

Reventlow, Fanny zu

Der Selbstmordverein

Reihe: *classic pages*

ISBN: 978-3-86267-139-7

Auflage: 1
Erscheinungsjahr: 2011
Erscheinungsort: Bremen, Deutschland

Europäischer Literaturverlag GmbH, Fahrenheitstr. 1, 28359 Bremen (www.elv-verlag.de).

Cover: Ausschnitt aus dem Gemälde "Young Man at His Window" (1875) von Gustave Caillebotte.

Der Selbstmordverein

www.elv-verlag.de

Die Geschichte fing damit an, dass der junge Baron Henning bei einem Künstlerball eine Dame kennenlernte, die sich Lucy nannte und durchaus rätselhaft blieb. Sie war mit einem schwedischen Herrn gekommen und später wieder mit ihm verschwunden – man wusste von beiden nichts Näheres.

Lucy war nicht eigentlich schön, aber, wie von allen Sachverständigen festgestellt wurde, ungemein reizvoll, mit einem weißen, sanften Gesicht und einem Mund, der eher zu frechen und pikanten Zügen gepasst hätte. Er war auffallend rot und die Oberlippe kurz, sodass die Zähne stets ein wenig herausfordernd zum Vorschein kamen. Eben in diesen Gegensatz verliebte sich Henning, aber nachdem er einmal mit ihr getanzt hatte, gelang es ihm nicht, ihr mehr nahezukommen und die Bekanntschaft, wie er es gewünscht hätte, festzulegen, sodass eine Fortsetzung folgen konnte. Er wurde sich nicht einmal klar, in welche Sphäre sie einzureihen sei – vielleicht in die zweifelhafte, es konnte aber auch ein junges Mädchen oder eine verheiratete Frau sein, die im Rahmen des zwanglosen Festes über die Stränge schlug.

Der Schwede behandelte sie korrekt und anscheinend mit Hochachtung, sie zeigte auch einwandfreie Manieren, tanzte aber wie toll, völlig hingerissen, man hätte beinah sagen können, disparat, und gegen Schluss des Balles, als die Stimmung den üblichen Höhepunkt vor Schluss und Aufbruch erreichte, schwang Lucy, die Fremde und Undefinierbare, sich mithilfe ihres Kavaliers auf den Tisch, an dessen Ende Henning mit seiner Gesellschaft saß, und tanzte einen raschen wirbelnden Tanz, sprang leichtfüßig wieder herunter und war dann endgültig verschwunden.

Henning war schon müde und saß da in einer Art von Betäubung, er sah nur die leichten, wirbelnden Füße in den zierlichsten Schuhen und durchsichtigsten Strümpfen, die man sich denken konnte, die schwarze, funkelnde Seide ihres Kleides, das sich raschelnd drehte, und sah von unten herauf in das schon erwähnte sanfte Gesicht mit den dunklen Augen und dem impertinenten Mund.

Dann stand er noch eine Weile vor dem Hotel, während die Gäste sich allmählich verliefen und die Autos nach allen Seiten davonstoben, und ging schließlich nach Hause, um bis zum nächsten Nachmittag zu schlafen.

Er wohnte damals mit seinem Freunde, dem Doktor Burmann, zusammen, der das Fest nicht mitgemacht hatte, denn er war ein viel beschäftigter Arzt und noch spät abends zu einem Kranken gerufen worden. Mit einigen Stoßseufzern über den ewigen Zwang seiner Berufspflichten warf er sich in den Sessel, als man sich gegen fünf Uhr zum Tee zusammenfand, und hörte dann nachdenklich Hennings Bericht an. Der lag lang hingestreckt in seinem Schaukelstuhl, den er jedem anderen Möbel vorzog, ein wenig übernächtigt und so nervös, dass er jedes Mal zusammenfuhr, wenn es draußen klingelte. Das aber geschah des Öfteren, denn die beiden Junggesellen machten sozusagen ein Haus. Außer den Konsultationsräumen im Parterre hatten sie eine umfangreiche Etage inne und sahen gerne ihre Bekannten bei sich. Die damit verbundenen Äußerlichkeiten wickelten sich in guter Ordnung und ziemlich unmerkbar ab, eine tüchtige Wirtschafterin, die fast nie zum Vorschein kam, sorgte für den Haushalt, und die sichtbare Bedienung lag dem alten Diener Josias ob, den Henning sich von daheim mitgebracht hatte und der mit seinem weißen Haar und Bart aussah wie ein greiser König, der seine Krone verloren hat. Und schließlich gab es noch Frau Käthe, Burmanns platonische Freundin, wie sie selbst sich gerne nennen hörte, da sie gleichen Wert auf ihre Bewegungsfreiheit wie auf ihren guten Ruf legte. Sie hatten sich schon als Kinder gekannt und pflegten seitdem eine Art geschwisterlicher Beziehung. So ging sie unbekümmert aus und ein, sah ein wenig nach dem Rechten und spielte gelegentlich, wenn man Gäste einlud, die Hausfrau oder, wenn der Doktor schwierige Patienten hatte, auch die Empfangsdame. Im Übrigen war sie früh Witwe geworden und hatte keine Lust, sich wieder zu verheiraten.

Sie kam denn auch heute, fiel mitten in das Gespräch der beiden Freunde hinein und erklärte in ihrer heiteren, energischen Art, sie merke wohl, dass sie störe, aber es fiele ihr nicht ein, wieder fortzugehn, im Gegenteil, man müsse ihr helfen, diesen trostlosen Regensonntag totzuschlagen. Damit hatte sie auch schon ihren Pelz mitten ins Zimmer über einen Stuhl geworfen, sich einen bequemen Sessel dicht an den Ofen geschoben und verlangte Tee, einen guten, heißen Tee mit Arrak. Der alte Josias, der sie tief und stumm verehrte, beschleunigte seine feierlichen Bewegungen, bis alles Nötige am Platze war, rollte den Teetisch herbei, schenkte ein und verschwand.

«So, jetzt geht es mir schon besser», sagte Frau Käthe, «und jetzt soll es meinetwegen weiterregnen, aber zu Hause – mir war heute zumut wie einer richtigen einsamen Witwe, die eigentlich in die Kirche gehen sollte und nachher Wohltätigkeitsbesuche machen.»

«Äh, und statt dessen kamen Sie zu uns – zu den Armen im Geist, mit der gütigen Absicht, uns etwas aufzuhellen.»

«Er tut uns unrecht», sagte Burmann, «denn grade heute können wir dir etwas Besonderes bieten, Käthe. Wir haben ein neues Thema.»

Henning machte eine ablehnende Handbewegung, aber der andere fuhr unerbittlich fort.

«Ein ganz neues Thema, wenn es auch das ewig alte Lied ist ...»

«O wie langweilig», meinte Frau Käthe, «also Liebe. Hat sich wieder einmal einer von euch verliebt? Das ist doch nichts Neues.»

«Freilich etwas Neues und ganz Ungewöhnliches, denn Henning ist seit gestern Nacht in ein Phantom verliebt und wird, wie ich ihn kenne, nun diesem Phantom nachjagen, wie er bisher wirklichen und realen Frauen nachlief.»

«Wetten, dass sie es auf mich abgesehen hat?», sagte Henning. «Als sie anfing zu tanzen, hat sie mir einen Blick zugeworfen, und als sie aufhörte, eine Bewegung mit der Hand – – –»

«Aber dann verschwand sie.»

«Ich werd sie schon wiederfinden ... Wenn ich nur wüsste, was sie mit dem verdammten Schweden zu tun hat.»

«Nun, vermutlich hat sie eine Liaison mit ihm.»

Henning stöhnte, und Frau Käthe begann nun viele Fragen zu tun. Sie wollte alles ganz genau wissen und wurde geradezu ärgerlich über die Unterbrechung, als es draußen klingelte, zwei-, dreimal rasch hintereinander.

Dann steckte der alte Diener den Kopf in die Tür:

«Fräulein Nini», meldete er vorsichtig und sah seinen Herrn fragend an.

«Wegschicken, Josias, ich bin heute durchaus nicht zu sprechen.» Und während das geräuschlos und taktvoll ausgeführt wurde, stöhnte er wiederum ein wenig: «O Gott ... wie bin ich all diese Ninis und Lulus müde – – Sonntagnachmittag – Dämmerung – Langeweile – Pardon, ich nehme an, dass ihr beiden nicht hier wäret – und dann so ein herziges Gesichterl mit einem großen Hut oder einem winzigen Hut. Und das setzt sich dann ans Klavier und will mich aufheitern und singt seine Couplets, ein rührsames Volkslied oder je nach dem Niveau auch etwas anderes und will soupieren ...»

«Du bist heute absolut wie der Lebemann in einem mittelmäßigen Salonstück», sagte Burmann. «Schau ihn nur an, Käthe, wie er dasitzt, den Kopf etwas hintenüber, die Haltung müde, die Augen vor lauter Blasiertheit nur noch zwei schwarze Ritzen und: Fort mit den Ninis und Lulus – zum Teufel!»

«So hör doch endlich einmal auf, von mir zu reden.»

«Ja, lass ihn in Ruhe, mir gefällt er heute viel besser als sonst», und Frau Käthe rückte ihren Sessel ganz dicht zu Henning heran. «Ja, sehen Sie, Baron, unser lieber Hans Burmann ist ein langweiliger Mensch mit seiner Praxis und seinen Zielen, aber wir haben noch Sinn für Romantik und verstehen uns viel besser. Schade, schade, dass Sie sich nie in mich verliebt haben und ich hier im Hause nur respektiert und gern gesehen werde. – – – Aber wie es nun einmal ist, kann ich mich gut hineindenken in diese Geschichte. Es gefällt mir, dass Sie sich in diese unwahrscheinliche Lucy verliebt haben, dass grade Sie endlich einmal hinter einem Phantom herlaufen wollen – ein Phantom mit einem verdammten Schweden – das ist sehr hübsch ... Ach Gott, schon wieder ein Besuch ...»

«Diesmal wird's wohl die Lulu sein», meinte Henning resigniert, «und es war grade so nett, Ihnen zuzuhören ...»Er küsste ihr die Hand.

Es hatte wieder geschellt, aber diesmal viel zuversichtlicher als vorhin. Ninis Position war schon seit einiger Zeit ins Schwanken geraten, und das gab sich auch in ihrem leicht vibrierenden Anläuten kund.

«Der Herr Vetter und Fräulein Hedy», meldete Josias mit wohlwollendem Lächeln, und schon brachen die beiden Angekündigten mit geräuschvollem Vergnügen ins Zimmer ein, ohne erst abzuwarten, ob sie willkommen waren oder nicht. Es waren Burmanns Vetter Georg, ein achtzehnjähriger Gymnasiast, und seine Freundin Hedy, die kaum siebzehn zählte. Die zwei liebten sich, machten hier im Hause kein Geheimnis daraus und wurden wohlwollend protegiert und geduldet. Es war nichts dabei zu machen, auch wenn die Älteren ihre Bedenken hatten, sie waren viel zu überzeugt von ihrer guten Sache und ihren Rechten an das Leben. Man versuchte wohl hier und da, pädagogisch auf sie einzuwirken, aber es nützte gar nichts. Sie liebten sich und basta. Sie fanden es herrlich und wollten keinen Moment verlieren und basta. Georg war seinem Äußeren nach ein hübscher Durchschnittsjunge aus guter Familie, Hedy brünett und lebhaft, aus wohlhabendem Parvenümilieu und nach dem, was sie erzählte, jedenfalls darauf berechnet, nach einer sorgfältigen Erziehung eine gute Partie zu machen.

Sie wollte gleich anfangen, von ihren neuesten Eskapaden und Gaunerstreichen zu erzählen, aber es war heute keine Stimmung dafür. Man ließ sie nicht recht aufkommen, versorgte sie nur mit Tee und Süßigkeiten und fuhr fort, von Lucy und dem gestrigen Fest zu sprechen.

«Recht so, Henning», sagte der kleine Georg, als er erfasst hatte, worum es sich handelte. «Machen Sie nur einmal Ernst und stecken Sie Ihr Roué-Leben auf – das ist ja langweilig – das ist ja unschön. Grad vorhin sind wir Ihrer Nini begegnet – Sie haben sie wohl weggeschickt, und dann läuft sie zu einem anderen, um den Abend totzuschlagen. Das ist vielleicht nicht schön von ihr, aber Sie machen sie eben auch nicht glücklich.»

«Was wissen denn Sie davon, Sie dummer Bub?»

Georg und Hedy sahen sich nur an und platzten vor Lachen. Sie saßen da und tranken alle süßen Schnäpse aus, die sie nur erreichen konnten. Oh, sie kannten das Leben und waren überzeugt, alle anderen seien nur elende Stümper.

Später bestürmten sie Burmann um Geld. Sie brauchten immer Geld, sie mussten Auto fahren, um nicht gesehen zu werden, und heute wollten sie gemeinsam zu Abend essen, denn Hedys Eltern gingen aus.

«Kinder, Kinder», sagte Burmann und warf ihnen ein Goldstück zu, das die Kleine geschickt auffing. Aber sie wurde dunkelrot dabei.

«Wär's hingefallen, so müssten wir darauf verzichten, Herr Doktor, ich kann mir doch nicht so Geld hinwerfen lassen wie eine ... und Georg erst recht nicht, wenn ich dabei bin.»

«Eine feine Lektion, Hedy, ich will's mir merken. Bleiben Sie nur bei diesen Empfindungen, damit es nicht einmal schiefgeht mit Ihnen.»

«Das wird es nie, dazu bin ich viel zu gut erzogen.» Sie lächelte vergnügt und ein wenig zweideutig zu Georg hinüber.

Der wurde verlegen: «Du könntest es mir tatsächlich ebenso gut in die Hand geben, Hans, oder auf den Tisch legen – – und außerdem reicht es nicht. Wir müssen Chambre séparée nehmen, man kann überall Leute treffen.»

«Nein, hört einmal, das ist doch etwas reichlich», protestierte Käthe, die sonst diesem Fall ein wenig ratlos gegenüberstand, «du, Georg, musst doch an Hedys Ruf denken.»

«Ich heirate sie ja.»

Sie bekamen nun noch ein zweites Goldstück, welches diesmal in aller Form überreicht wurde, und zogen beglückt von dannen.

Es ging jetzt schon gegen Abend, der Regen rann immer weiter gleichmäßig und ermüdend an den Fenstern nieder.

Man hörte die beiden jungen Leute auf der Treppe noch lachen, bis die Haustür drunten ins Schloss fiel, und lauschte ihnen unwillkürlich nach.

Burmann war aufgestanden und wanderte im Zimmer auf und ab. Dann machte er vor einer Etagere halt, auf der einige indische Nippes standen, und betrachtete sie anscheinend mit gespannter Aufmerksamkeit.

«Hast du etwa wieder Verantwortungsgedanken?», fragte Henning.

«Nein – Verantwortung stimmt nicht ganz. Es ist nur so ein dummes Gefühl ... Ich hätte mich lieber nicht darauf einlassen sollen, in diesem Babyroman den Mitwisser zu machen. Ich spiel da wirklich eine ungeschickte Rolle. Für die beiden bin ich der ältere Vetter, dem man blind vertraut und Geld abknöpft, dafür darf ich dann, wenn's einmal hapert, mit ihnen durch dick und dünn gehen. Und den etwaigen Eltern gegenüber – stellt euch nur den Fall vor, dass etwas aufkommt oder es irgendein Malheur gibt ...»

Er machte eine ironische Grimasse. «Ich bin es so gewöhnt, tadellos dazustehen, und ihr habt alle nichts Besseres zu tun, als mich jeden Augenblick in eure – Verzeihung – zweifelhaften Abenteuer hineinzuziehen.»

«Ich doch nicht», rief Käthe empört.

«Nein, du machst eine rühmenswerte Ausnahme. Wenn du welche hast, weiß man wenigstens nichts davon.» Ihre Blicke trafen sich einen Augenblick, und Burmann fühlte eine plötzliche Neugier in sich aufsteigen, ob diese immerhin hübsche und unabhängige Frau, die er wie eine Art Schwester betrachtete, wohl wirklich so ungestört und ohne Erlebnisse ihren Weg ging. Aber dann bemerkte er, dass Henning ihn fragend ansah, und kam wieder auf seinen Gedankengang zurück.

«Nein, mir ist nicht ganz wohl dabei, denn nach meinen bisherigen Erfahrungen gehen die meisten Abenteuer schlecht aus, wenigstens die der anderen ... Mit meinen eigenen Angelegenheiten – es bleiben eben immer Angelegenheiten – habe ich im Ganzen weder Glück noch Pech. Das verläuft alles so schön friedlich und mittelmäßig, wie es sich für einen normalen Bürger gehört.»

«Meinst du denn, Hans, dass diese beiden Kinder ...?», fragte Käthe.

«Kinder? Gott, das ist immerhin seine siebzehn oder achtzehn Jahre alt und geht, wie du siehst, ohne Gardedame im Chambre séparée soupieren. Was soll es da nützen, sie zu warnen?»

«Nein», sagte Henning, während er von seinem Schaukelstuhl aus etwas schläfrig jeder Bewegung seines Freundes folgte, «andere zu warnen, ist die überflüssigste und sinnloseste Beschäftigung, die je erfunden wurde. Vor was, um Gottes willen, willst du denn mich oder die beiden glücklichen Krabben warnen? Vor dem Unheil, das aus jeder Freude entstehen kann, einerlei, auf welchem Gebiet man sie sucht. Sobald man daran denkt, ist ja auch die Freude hin, wenigstens die richtige, unbefangene.» Er hob die Arme und dehnte sich weit hintenüber mit einem fast verächtlichen Ausdruck um die Lippen. «Dann warne lieber gleich vor dem Leben in Bausch und Bogen, das Leben ist ja so bedenklich und riskant auf Schritt und Tritt ...»

«Sie reden ja ganz weltschmerzlich, Henning, das ist wieder eine neue Nuance bei Ihnen.»

«Nein, nur angeödet, teure Frau Käthe. Vor allem liegt mir der Brief von meinem alten Herrn im Magen – Sie wissen ja, er hat sich wieder verheiratet und fängt an, mich mit kleinen Stiefbrüdern zu beglücken. Ich gönne es ihm von Herzen, aber meine Situation wird sich sehr verändern, und darüber hält er mir jetzt ausführliche Vorträge. Vorläufig sind es nur Briefe, aber die unangenehmen Tatsachen werden schon folgen ... Sehen Sie, Hans Burmann hat vorhin gesagt, er sei gewöhnt, tadellos dazustehen – und ich bin gewöhnt, so zu leben» – er machte eine Geste über das behaglich und elegant eingerichtete Zimmer.

«Das soll ich mir nun abgewöhnen oder einen Beruf ergreifen – Sakrament ... Und gerade in diesem Moment läuft mir ein Weib über den Weg ...»

Burmann hatte mit mehr Teilnahme zugehört, als er sich anmerken lassen wollte, aber nun lächelte er:

«Für das du viel Geld ausgeben möchtest, nicht wahr? Lieber Junge, einstweilen ist sie dir doch nur über den Weg gelaufen. Wer weiß, ob du sie überhaupt wiedersiehst. Mir scheint, du brauchst dir einstweilen noch keine Sorgen über eure gemeinsame Zukunft zu machen.»

«Und Phantome sind vielleicht nicht so anspruchsvoll», sagte Frau Käthe tröstend.

«Ich bitte euch, lasst eure Witze.» Henning zog nervös die Brauen zusammen, warf einen Blick auf die Uhr und stand auf: «Ich finde sie schon noch. Ach, schell doch dem Josias, da du gerade bei der Tür stehst, Hans. Ich denke, wir ziehen uns jetzt um und gehen essen. Frau Käthe wird inzwischen das Handschreiben meines Vaters lesen ... Ich lade Sie zu einem guten Abendessen ein, Frau Käthe – nicht zum Soupieren, um Sie nicht mit Nini auf eine Stufe zu stellen –, Sie sollen selbst Restaurant, Menü und alles, was Sie wollen, bestimmen, und nachher beim Kaffee reden wir ein ernstes Wort über die Zukunft. Ihr müsst mir ein wenig raten.»

«Das nützt ja doch nichts, Henning, Ihre Zukunft ... die wird doch immer nur von Ihren Renten abhängen. Außerdem wird es mir nachgerade langweilig, dass ihr mich immer nur in euren ernsten Angelegenheiten zurate zieht, jetzt möchte ich auch einmal die frivolen mitmachen. Lieber helfe ich Ihnen Lucy suchen ...»

Die Ninis und Lulus, die bisher eine ziemliche Rolle in Hennings Leben spielten, hatten jetzt schlechte Zeiten, und über ihn selbst gingen bald trübe Gerüchte um. Es hieß, er sei finanziell ruiniert und habe sich an die vermögliche Frau Käthe Tergens gehängt, die ihn zu heiraten und zu rangieren gedenke. Überall begegnete man den beiden zusammen, sie machten alle Vergnügungen der Saison mit, wurden außerdem viel in Restaurants, Tea-rooms, Kaffeehäusern und nächtlicherweile in den Bars gesehen – derselbe Baron Erasmus von Henning, der wohl für einen Lebemann, gleichzeitig aber als einwandfreier Gesellschaftsmensch galt, und dieselbe Frau Käthe Tergens, gegen deren unbescholtenes Dasein sich bisher keine Beweise hatten aufbringen lassen.

Tatsächlich hatten die beiden eine Art Bund miteinander geschlossen und, wie sie an jenem Sonntagabend halb scherzend vereinbarten, gemeinsam die Jagd nach dem Phantom Lucy und dem Schweden aufgenommen, dem verdammten Schweden, wie man ihn in einer Mischung von Ressentiment und Wohlwollen auch fernerhin bezeichnete... Die große Chance war, Lucy selbst wieder zu begegnen, aber auch wenn es nur gelang, den Schweden aufzufinden, so ließen sich ja jedenfalls Anhaltspunkte über ihre Personalien und ihren Verbleib gewinnen. In Henning nun hatte sich die Idee festgesetzt, dass er sie schwerlich auf der Straße oder in irgendeinem normalen Tagesmilieu treffen würde, sondern eher, wie jenes erste Mal, in einer Umgebung von Lärm, Menschenfülle und festlicher Bewegtheit. Als Jagdgründe galten daher vor allem die Stätten des Vergnügens, und zwar durchmaß man die vornehmeren wie die minderwertigen und zweifelhaften, da man ja über Lucys soziale Sphäre, über ihre Neigungen, wie über alles andere, vollkommen im Unklaren tappte.

«Ich taxiere sie auf Typus ‹Schlange›», hatte Käthe gemeint, «ein bissl dämonisch, wie es dazugehört. Dämonische Schlangen haben selbstredend extravagante Gelüste und wollen sich überall herumtreiben, um so mehr, wenn sie den verantwortlichen Begleiter damit ärgern können – in diesem Fall den verdammten Schweden.»

«Hoffen wir, dass sie ihn bis aufs Blut ärgert», antwortete Henning voller Eifersucht, «aber auf dämonische Weiber bin ich sonst noch nie hereingefallen, das kann also nicht ganz stimmen, Schlange – vielleicht ein wenig, wenn auch in anderem Sinn ... Wo übrigens haben Sie diese Weisheit her, Frau Käthe?»

«Ich weiß nicht ... ich habe die Schlangen immer so beneidet, sie verstehen es so gut, anderen die Männer wegzunehmen. Aber es lässt sich nicht lernen, wenn man kein angeborenes Talent dazu hat.»

Sie sah dabei ganz sehnsüchtig drein, und Henning betrachtete sie mit Interesse. Sie war ruhig, elegant, selbstsicher, und alle Einzelheiten stimmten, im Äußeren wie im Wesen. Das sagte er ihr auch und setzte hinzu, sie brauche keine Schlangen zu beneiden, durchaus nicht, und solle nur ja so bleiben, wie sie sei.

«Aber wer soll ihr dann den Schweden abspenstig machen?»

«Sie selbst wird abspenstig gemacht, den Schweden brauchen wir dann überhaupt nicht mehr.»

Doktor Burmann war unzufrieden mit den beiden, besonders wenn er sie über solchen und ähnlichen Gesprächen betraf, die jetzt an der Tagesordnung waren. Schier endlos konnten sie darüber fortreden, wer Lucy wohl sei und wie sie sei, was sie täte, wie sie lebte, oder sich ausmalen, was für Situationen zustande kommen würden. Sie machten einen ganzen Roman oder eine Legende daraus, in der sie lebten und in die sie immer neue Züge hineinfantasierten. Und er, Burmann, fand dieses Treiben mehr als absurd. Wenn es schließlich nur das gewesen wäre, aber bei Henning fing es nachgerade an ins Pathologische abzuirren.

Er hatte niemals ausgesprochene Interessen gehabt und sich nie in besonders nützlicher Weise betätigt, aber jetzt setzte er sich dieses Weib in den Kopf, das er nicht einmal kannte, und beschäftigte sich damit wie ein Gelehrter mit einem wichtigen Problem oder auch wie ein Monomane mit seiner fixen Idee. Und Käthe, die sonst so Vernünftige, machte das alles enthusiastisch mit und ohne darauf zu achten, dass sie sich auf eine unsinnige Weise kompromittierte.

«Höre einmal, mein Lieber, wie lange soll das eigentlich noch so fortgehen?», fragte Burmann eines Morgens beim ersten Frühstück, das sie gemeinsam im Esszimmer einnahmen. Henning war eben erst aus seinem heißen Bade gestiegen, saß da im Frottiermantel und betrachtete vertieft seine gepflegte Hand. Er war sichtlich in jener weichen, verträumten Morgenstimmung, die man gerne noch eine Weile festhalten möchte. Aber jetzt hob er den Kopf, und Burmann betrachtete ihn kritisch, ein wenig ärgerlich. Zweifellos war er ein schöner Mensch, nur wenn man ihn näher kannte, begriff man nicht recht, weshalb die Natur ihn mit so energischen, beinah harten Zügen ausgestattet hatte, die durch das dunkle Haar und die dunklen Augen unter einer breiten gewölbten Stirn noch mehr betont wurden. Er sah in dieser seiner Morgentoilette aus wie ein Stierkämpfer, der Pause macht und mit seinem heroischen Metier innerlich gar nichts zu tun hat.

«Bis wir sie finden», sagte er abwesend.

«Wer sagt dir denn, dass sie überhaupt noch hier ist?»

«Sicher ist sie hier. Man hat uns neulich in der Bar Rouge ein Paar beschrieben – es schien alles zu stimmen, auch wie sie getanzt hat und wie der Schwede aussah. So gehen wir jetzt vorläufig gegen zwölf oder eins in diese Bar, die zwar an sich ziemlich mesquin ist. Aber es ist momentan chic, dahin zu gehen, und man findet sogar ganz mögliche Leute.»

«Kannst du denn nicht allein hingehen? Ich finde ja nur, du solltest Käthe aus dem Spiel lassen.»

«Ah, die Käthe!», sagte Henning voll Bewunderung. «Nein, lass sie nur, sie ist alt genug, um für sich selbst einzustehen.» Er hatte dabei aufgesehen und begegnete einem beobachtenden Blick.

«Nein, nein, es besteht durchaus keine unerlaubte Beziehung zwischen uns ... wir haben nur einen Spleen miteinander. Das ist eine ganz zarte Sache. Wenn ich mich geschraubt ausdrücken darf, etwas beinah Mystisches. Ja, lache nur.»

Burmann sah ihn jetzt wirklich maßlos erstaunt an.

«Gott sei mit dir, du fängst wahrhaftig an zu reden wie ein Kaffeehausliterat.»

Henning schenkte sich zum dritten Mal Kaffee ein, trank ihn langsam aus und schob dann die Tasse weg.

«Was willst du, man ist nicht gewöhnt, von subtileren Gefühlen zu reden, und deshalb klingt es uns nach Literatur. Aber ich genieße alles das wirklich wie etwas ganz Neues.»

«Die subtilen Gefühle?»

«Ja ... ich träume von diesem Mädchen – du musst auch diesen lyrischen Ausdruck verwinden – und davon, dass ich sie kriegen könnte. Sie hat eben einen ganz seltenen Eindruck auf mich gemacht. Ich bin fest überzeugt, ich weiß es beinah, dass ich sie wiedertreffe und dass sie mich auch will. Ich habe also jetzt eine Art Vorfreude mit einiger Unruhe und Sehnsucht. Mach doch nicht so ein Gesicht ... du hast wirklich keine Fühlfäden für solche Dinge ...»

«Wer weiß ...»

«Aber Käthe hat sie», fuhr Henning unbeirrt fort, «sie geht in jeder Beziehung mit. Du glaubst gar nicht, wie viel Romantik in ihr steckt, ich hatte sie immer für ein wenig nüchtern gehalten. Aber wie sie all die Stimmungen genießt und, `last, not least`, wie sie flirten kann. Da ist ein Barkavalier, der ihr auf Tod und Leben die Cour macht und nicht begreift, was sie an mir findet, wo wir doch immer so stumpfsinnig miteinander herumsäßen ... ich schwärme einfach für Käthe. Überhaupt, früher habe ich mich entweder gelangweilt oder amüsiert, jetzt bin ich nahezu so etwas wie glücklich – eine Frau, die mich wirklich reizt, der ich nachlaufe, gewissermaßen wie im Nebel, aber sie wird, so Gott will, einmal sichtbar werden, und eine, die mir derweil Gesellschaft leistet und dabei immer sympathischere Seiten entwickelt.»

«Es wird damit enden, dass ihr zwei euch ineinander verliebt.»

«Gott bewahre, ich sage dir ja, wir haben nur einen Spleen miteinander.»

«Ach, Henning, alter Junge, was soll aus dir werden», sagte Burmann mit einiger Herzlichkeit. Er wusste selber nicht, warum, aber seine Verstimmung begann zu weichen. «Was man so im Allgemeinen einen Charakter nennt, bist du ja nie gewesen ... bitte, nimm mir das nicht übel.»

«Weit entfernt, ich weiß es selbst.»

«Schön – es fällt mir auch nicht ein, dir einen Vorwurf daraus zu machen. Nur beunruhigt es mich neuerdings, dass du gar so wenig Rückgrat hast. So, wie dein Leben bisher war, bist du ja ganz gut ohne das ausgekommen. Es waren keine Widerstände da, und die begehrten Dinge fielen dir schmerzlos in den Schoß. Aber jetzt wäre der Zeitpunkt gekommen, dich ein wenig zusammenzuraffen und deine Lage, die sich über kurz oder lang bedeutend verändern wird, ins Auge zu fassen ...»

«Genau dasselbe hält mir mein Vater in jedem seiner Briefe vor – dabei ist er geradeso wie ich, hat sich sein Leben lang um nichts gekümmert und denkt jetzt nur an seine junge Frau und wie er die Zukunft ihrer Sprösslinge sicherstellen soll. Mir dagegen, meint er, könne es nicht schwerfallen, mit der Zeit eine glänzende Position zu erringen, mit meinem Namen und meiner Begabung, welches beides ich natürlich von ihm habe ...»

«Und statt dessen bummelst du weiter und gerätst mit deiner Bummelei nun auch noch auf fantastische Geleise ...»

«Ja», sagte der andere ruhig und überzeugt, «und was nützt es, so viel darüber zu reden und nachzudenken. Du siehst immer nur den Bummler und untüchtigen Menschen in mir, im Grunde aber bin ich ein großer Philosoph. Es muss doch nicht nur tüchtige Leute geben, ich zum Beispiel würde nur anderen, die es nötiger haben, den Platz und die Arbeit wegnehmen ... Du hast Ziele und willst vorwärts, aber wo kommt man denn schließlich hin mit diesem Vorwärts? Ich habe keine Ziele und denke: Lasst mich nur da, wo ich bin ...», er stützte seine muskulösen, gut gebildeten Arme auf den Tisch, «trotzdem – da man beabsichtigt, wenn auch ohne jeden bösen Willen, mir diese so sehr geschätzte Ge-

genwart unter den Füßen wegzuziehen, werde ich wohl einen oder mehrere Versuche machen, mich anders zu arrangieren. – Der alte Herr will nächste Woche selbst herkommen und alles Mögliche mit mir bereden ... Ja und jetzt –»

«Ich muss zu meinen Patienten. Und was hast du vor?»

«Mit Käthe spazieren fahren ... wir essen dann draußen. Es wäre hübsch, wenn du auch einmal mitkämest, aber du hast ja nie Zeit für uns.»

Henning zögerte an der Tür, als wäre noch etwas zu sagen, dann kam er zurück. Burmann war am Tisch sitzen geblieben und blätterte in seinem Notizbuch. Dann sah er auf, ihre Blicke trafen sich, und in beiden stieg eine unklare Bewegung auf.

«Hans, mein Sohn», sagte der andere in möglichst trivialem Ton, «wenn der gemeinsame Spleen dich ernstlich stört ... nein, sagen wir, etwas stört, was vielleicht noch werden könnte. Du weißt doch hoffentlich, dass mein Mangel an Charakter vor Rücksichtslosigkeiten und dergleichen haltmacht.»

«Ja, gewiss, aber das andere weiß ich selbst noch nicht recht. Ich kann allerdings nicht leugnen, dass ich in dieser Zeit manchmal etwas Ähnliches wie Eifersucht gefühlt habe.»

«Ihr beide solltet euch heiraten. Diese sogenannte Freundschaft ist doch schließlich eine halbe Sache, oder meinst du, man müsse zum Heiraten richtig verliebt sein?»

«Sie denkt nicht daran», sagte Burmann kurz.

Ein wenig nachdenklicher als gewöhnlich ging Henning eine Stunde später die Straße hinunter. Da ihn Käthe erst um 11 Uhr erwartete, wollte er sich erst noch etwas Bewegung machen, dann einen Wagen nehmen und sie abholen. In diesen letzten Wochen, die bei allem Charme doch von einer spannenden Unruhe erfüllt waren, sehnte er sich manchmal förmlich nach einer Weile des Alleinseins, was ihm sonst nie in den Sinn gekommen war. Das Morgengespräch mit seinem Freunde ging ihm wieder durch den Kopf, und er beschloss, Käthe doch gelegentlich zu sondieren. Wie dumm eigentlich, wenn zwischen den beiden etwas bestand, was sich zu engeren Beziehungen eignete, so hätten sie doch eher darauf kommen können, anstatt jahrelang nebeneinander herzulaufen und eine gemütliche Freundschaft zu kultivieren. Freilich hatte man sich allseitig wohl dabei befunden, und es sollte am liebsten so bleiben.

Als er grade so weit mit seinen Gedanken gekommen war, wurde er schon wieder gestört. Der kleine Georg tauchte neben ihm auf, Schulbücher unter dem Arm, fragte woher und wohin und schloss sich an. Es gefiel ihm, neben dem eleganten Mann herzugeben und kollegial behandelt zu werden, wenn man Bekannten begegnete.

«Was macht denn Ihr Phantom, Baron?», fragte er. «Haben Sie es gefunden? Sie sind ja nie mehr zu Hause.»

«Nichts gefunden», sagte Henning. «Phantomen begegnet man nicht so leicht im Tageslicht wieder.»

«Und dann ist es auch kein richtiges Phantom mehr, es wäre vielleicht schade», bemerkte Georg, der heute merkwürdig ernst war.

«Das ist eine richtige Jugendweisheit. Wird man älter, so möchte man doch lieber etwas Wirklichkeit in der Hand als eine schöne Illusion auf dem Dach haben. Aber erzählen Sie mir lieber etwas von sich. Wie war denn der Abend im Séparée damals? Mir scheint, seitdem haben wir uns nicht mehr gesehen.»

«Es war sehr komisch», erzählte Georg. «Man hat uns erst ziemlich dumm angeschaut, dann hab ich dem Ober fünf Mark Trinkgeld gegeben. Er hat in verschiedene Türen hineingesehen und uns schließlich in ein Zimmer geführt, aber es sah anders aus, als ich mir dachte. Da stand zum Beispiel ein Käfig mit einem Papageien ... Ich treibe mich ja sonst nicht mit Weibern herum und kenne diese Geschichten nicht», sagte Georg ein wenig verächtlich, denn er war ein ziemlicher Idealist, «es war ja nur Hedys wegen, damit sie nicht gesehen würde.»

Henning musste ein wenig lachen.

«Warum lachen Sie?»

«Ach, nur über den Papagei, ja, und dann?»

«Dann haben wir schließlich doch noch Pech gehabt. Auf dem Korridor, als wir fortgingen, sind wir dem alten Kommerzienrat Schönlank begegnet, Sie wissen doch, der mit dem Hut im Nacken, der ihre Eltern kennt, und der droht ihr nun jeden Augenblick, er würde es zu Hause erzählen, wenn sie ihn nicht etwas freundlicher anschaue. Das fällt ihr natürlich nicht ein, sie kann keine älteren Herren ausstehen, besonders wenn sie zudringlich sind.»

«Da hat sie ganz recht.»

«Ach, es gibt immer so viele Geschichten», sagte Georg aufseufzend, «aber jetzt muss ich Hedy drüben am Telegrafenamt treffen. Da steht sie schon.»

Henning ging mit. Drüben stand Hedy mit einem anderen Backfisch, der ihr inzwischen Gesellschaft geleistet hatte und nun diskret davonstob. Hedy kniff ihre lichtbraunen, etwas kurzsichtigen Augen mit den langen Wimpern flüchtig zusammen, um zu erkennen, wer da mit Georg kam. Der wenige braune Zopf mit einer großen Schleife ließ ihr noch etwas Kindliches, sonst war, wie immer, die ganze Erscheinung für ihr Alter etwas zu mondän, und sie benahm sich mit vollendeter Sicherheit. Man konnte kaum annehmen, dass sie sich vor aufdringlichen Kommerzienräten ernstlich fürchtete. Sie reichte Henning die Hand und machte Konversation.

Eine Schönheit wird sie nicht, dachte er, aber immerhin ganz hübsch, ganz pikant, etwas für den Salon. Vielleicht ein wenig zu schmächtig ... aber das wächst ja noch, fiel ihm ein ... das ist noch nicht ausgewachsen, hat noch nicht seine endgültige Form angenommen.

Er fühlte heute ein fast zärtliches Wohlwollen für die beiden, und es reizte ihn, Hedy im Gegensatz zu ihrer Damenhaftigkeit als Kind zu behandeln.

So trat er in die nächste Konditorei, kaufte ihr Pralinés und lud dann beide ein, die Spazierfahrt mitzumachen. Es gefiel ihm, wie eine unbefangene Freude in ihren Augen aufging und sie Georg mit einem fragenden Blick streifte. Nein, es war nichts einzuwenden, wenn man nur rechtzeitig nach Hause kam, und nun gingen alle drei weiter, um einen Wagen zu nehmen.

«Um die nächste Ecke ist eine Haltestelle», sagte Georg, der geborne Großstädter, der jede Haltestelle, jedes Postamt, und was es sonst an nützlichen und notwendigen Dingen gab, sofort im Kopf hatte. Henning aber erklärte, er habe heute Lust, langsam und beschaulich zu fahren, und wollte deshalb eine Pferdedroschke, die denn auch bald gefunden wurde.

«Nein, nein, nein, nicht die», protestierte Hedy plötzlich aufgeregt. «Schimmel bringen Unglück ...»

«Wer hat Ihnen das gesagt?»

«Meine alte Kinderfrau ... sie weiß auch immer vorher, wenn jemand stirbt.»

Sie war tatsächlich ganz erschrocken und sah einen Moment blass und unglücklich aus.

«Aber Hedy», sagte Georg mit etwas gezwungenem Lachen und dann leiser, «so nimm dich doch zusammen.»

«Jetzt nehmen wir grade den Schimmel, und Sie sollen sehen, dass er Ihnen Glück bringt», und Henning schob sie in den Wagen und setzte sich neben sie.

«Wie kommen denn grade Sie zu einer fantastischen Kinderfrau, mir scheint, das passt nicht recht zu Ihnen.»

«Gott, sie ist irgendwo aus Pommern ... ich war dort als Baby bei meinen Großeltern, während Papa sich hier etablierte, und dann hat man sie mit hergenommen. Sie kann auch aus der Hand wahrsagen ...»

«So, und was hat sie Ihnen denn schon gewahrsagt?»

«Nicht viel Gutes – ach, ich pfeife darauf ...»

Aber dann verstummte sie und war wieder ganz Weltdame.

Nach einigen Minuten hielt der Wagen vor Käthes Haus. Sie hatte schon ungeduldig und wohleingehüllt auf dem Balkon gewartet und kam gleich herunter, dann rollte man weiter in den hellen Wintervormittag.

Hedy machte wieder Konversation und bewunderte Käthe im Stillen.

«Kinder, erzählt mir etwas Neues, etwas ganz Neues», sagte sie auf einmal, «ich bin heute mit dem linken Fuß aufgestanden, und mir kommt alles so fad vor. Ich möchte etwas Lustiges hören, womöglich eine kleine Sensation. Himmel, die Welt ist manchmal so langweilig.»

«Ich weiß nichts.»

«Sie wissen nie etwas, Henning. Bei Ihnen könnte immer etwas passieren, aber es passiert nichts, wie mit Lucy. Also Georg, Hedy, dann ihr, ihr seid doch immer voll von Erlebnissen ... meinetwegen auch eine Schulgeschichte – ihr glücklichen Menschenkinder geht ja noch in die Schule.»

«Ja, das tun wir», sagte Georg mit Nachdruck und sehr ernstem Gesicht, es war, als wenn sich plötzlich eine Maske über seine Züge legte, «wir gehen noch in die Schule, und da passiert allerhand. Ich weiß auch eine Schulgeschichte für dich, Käthe, wenn du gerne eine Sensation willst, aber lustig ist sie nicht.»

«Erzähl sie nur»– sie lehnte sich zurück und war bereit, die Schulgeschichte über sich ergehen zu lassen –, «aber was machst du denn für ein Gesicht, Junge?»

«Gar kein Gesicht – weißt du, es hat gestern einer aus unserer Klasse einen Selbstmordversuch gemacht, in der Pause auf dem Schulhof. Er hat sich die Adern aufgeschnitten, dann hat man ihn ins Krankenhaus gebracht, und er ist gestorben.»

«Aber Georg, das ist ja schrecklich – ein Freund von dir – in deinem Alter?»

Käthe fuhr in die Höhe und legte die Hand auf seinen Arm. «Man sollte doch wirklich nicht so frivol reden. Kaum hab ich mir ganz gedankenlos eine Sensation gewünscht ... Aber warum denn?»

Georg war ganz blass, und Hedy sah ihn an, als wollte sie sagen: Warum sprichst du darüber? Ihr war die Angelegenheit natürlich schon bekannt, und beide hatten seitdem einige Aufregung durchgemacht.

Man war inzwischen aus der Stadt herausgekommen und begegnete in den Anlagen zu dieser Tagesstunde nur wenigen Spaziergängern oder vereinzelten Reitern, die in dem weichen Reitweg hintrabten, und hatte den Eindruck, jetzt geht alles nach Hause zum Mittagessen.

«Hat er etwas mit den Lehrern gehabt?», fragte Käthe weiter.

«Nein, man weiß nicht, warum ... das heißt, es ist noch etwas anderes dabei.»

«Junge, sei doch nicht so geheimnisvoll!»

«Ich habe allen Grund dazu», sagte Georg verstört, «... aber mit euch kann ich ja schließlich darüber sprechen. Die Sache ist die ...», fuhr er immer noch etwas zögernd fort, «wir haben in der Klasse einen Selbstmordverein gegründet gehabt ... es ist noch nicht lange her ... und es war eigentlich nur halb im Spaß ...»

«Einen Selbstmordverein?», fragte Henning starr vor Staunen, «aber lieber Georg, das sind doch – – – und was meinen Sie damit, halb im Spaß? Der Junge, von dem Sie sprechen, scheint es doch ziemlich ernst genommen zu haben.»

«Deshalb begreifen wir ja auch nicht ... Den Verein haben wir nicht gemacht, damit man sich nun auf jeden Fall umbringen soll. Wir waren nur zusammen und sprachen vom Sterben und solchen Sachen. Wir hatten auch etwas getrunken den Abend.»

«Und daraufhin gründet ihr einen Selbstmordverein ... nein, weißt du ...»

«Ach, du musst es nicht falsch verstehen. Nicht einen richtigen Verein wie die Spießbürger ...»

Hedy bekam einen kleinen Lachanfall bei dem Gedanken, dass Spießbürger einen solchen Verein gründen sollten, aber im Grunde bewunderte sie das düstere Pathos, das über der Sache lag, und genierte sich dann, dass sie gelacht hatte.

«Es könnte auch nach dummen Buben klingen, Georg.»

«Nein»– Georg fühlte sich hin und her gezerrt von seinen Empfindungen, er war noch beklommen von dem Ereignis und sehnte sich nach Mitteilung, aber es reute ihn beinah, darüber gesprochen zu haben, wenn er nicht richtig verstanden wurde. «Nein, wir sind keine dummen Buben mehr, wir sind nur junge Menschen, und die Probleme sind für uns ebenso gut da wie für euch. Das mit dem Sterben ist eines, womit man sich schon als Kind herumquält ... Da war einer, der hat mit angesehen, wie sein Vater starb, und er sagte, es sei so schrecklich gewesen, dass er immer nur gedacht habe: nein, nur nicht so. Ja, Gott, wie soll man das erklären, wir kamen dann schließlich überein, dass wir alle auf eine anständige Art sterben wollten, wenn es einmal soweit ist, oder wenn man keine Lust mehr hat. Das kann doch jedem passieren.»

«Ja, dagegen ist eigentlich nichts einzuwenden», meinte Henning sachlich, «irgendeinen Grund wird Ihr Freund wohl auch gehabt haben. Oder meinen Sie etwa, dass ihn die Sache mit dem Verein exaltiert hat?»

Der Junge zuckte die Achseln. «Das weiß niemand. Aber die Geschichte ist aufgekommen ... er hatte einen Brief an uns andere geschrieben, den hat man in seiner Tasche gefunden und ohne Weiteres gelesen ... Nun wird in den nächsten Tagen Konferenz gehalten, wir sollen einzeln ausgefragt werden, und es kann sein, dass man uns alle relegiert.»

Georg lehnte sich wie ermüdet zurück und sah sorgenvoll aus wie ein Erwachsener. Hedy hatte kein Wort geäußert, nur ihre Augen wanderten bei seiner Erzählung immer mit.

«Was machen wir dann?», sagte sie jetzt unruhig und sah abwechselnd Henning und Käthe an. Diese so viel älteren und erfahrenen Leute mussten doch irgendeinen Rat wissen.

«Wenn Georg auf eine andere Schule käme, und ich soll hierbleiben ...»

Aber sie schwiegen und dachten nach. Gewiss, das war eine traurige Geschichte, aber es passiert ja so viel dergleichen. Kinder, junge Leute werden mit dem Leben nicht fertig oder verzweifeln, wenn etwas nicht klappt, den Erwachsenen geht es ebenso. Und die ganz jungen werfen vielleicht die Flinte eher ins Korn, weil sie noch nicht erfahren haben, dass doch immer wieder etwas Neues kommt. Da saßen diese beiden, die bisher immer voll Vergnügen mit ihren Schulbüchern unter dem Arm ins Leben hineintrabten, und hatten Unannehmlichkeiten, schwere Gedanken und Befürchtungen.

Käthe versuchte etwas unbestimmt zu trösten: Abwarten – und man wird ja sehen ...

Das schöne Wetter und das Vergnügen am Draußensein hatte man darüber ganz vergessen. Erst als der Kutscher sich umwandte und fragte, ob er noch weiterfahren solle, fiel es allen wieder ein: «Gott, wir fahren ja spazieren, und es ist gleich Mittag», und Käthe schlug vor, auszusteigen und in dem kleinen Restaurant am Waldrand zu essen. Es würde sich für die beiden schon ein Vorwand finden, den man nach Hause telefonieren konnte.

Das geschah denn auch. Man umstand das Telefon, und eines nach dem anderen sagte seinen Spruch. Georg erzählte von einem Ausflug mit Kameraden und Hedy mit heller Stimme von einer Freundin, die sie unerwartet eingeladen habe. Doktor Burmann dagegen wurde gebeten, wenn er nicht gleich abkommen könne, wenigstens zum Kaffee zu erscheinen.

Henning verhandelte indessen mit dem Kellner und stellte das Menü zusammen. «Da wir heute Kindergesellschaft haben, muss es zum Schluss wohl Süßigkeiten und Sekt geben», sagte er zu Käthe. «Inszenieren wir um Gottes willen etwas Lustigkeit, ich kann solche Stimmungen auf die Länge nicht vertragen. Diese dumme Schultragödie, wie es deren schon Dutzende gegeben hat und die nun ihren Schatten auf unsere beiden Krabben zu werfen gedenkt. – Haben Sie gesehen, wie das Mädel verängstigt dreinschaut, wenn man sie nicht beobachtet? Das Leben, dieses sogenannte Leben, ist wirklich ungeschickt und taktlos, diesen hübschen kleinen Roman sollte es doch ruhig stehen lassen, bis er von selbst aufhört ... Und Sie haben heute auch einen nervösen Zug, teure Käthe ...»

Sie stand vor dem Spiegel, und es war Henning schon öfters aufgefallen, dass sie sich in dieser Geste von den meisten anderen Frauen unterschied. Sie hatte fast nie etwas an sich zu nesteln und zu ordnen. Wenn sie morgens aus ihrem Ankleidezimmer hervorging, war die Sache erledigt, ihre Frisur, ihre Kleidung, alle ihre Einzelheiten blieben den Tag über, wie sie selbst, harmonisch und besonnen. Sah sie in den Spiegel, was gern und häufig geschah, so war es eigentlich nur, um das mit wohlwollendem Interesse festzustellen.

«Pfui, das höre ich nicht gerne», antwortete sie auf Hennings Bemerkung, «aber Sie haben wohl recht, ich habe es eben schon selbst konstatiert. Ich glaube, wir bummeln doch etwas zu viel, und ich muss allmählich daran denken, mich zu konservieren. Ihnen als Mann macht es ja nichts, wenn Sie Lebefalten bekommen, aber ich danke dafür. Außerdem hat die Sensation, die ich mir frivolerweise wünschte und die Georg mir dann so prompt servierte, mich ganz trübe gestimmt.» Wieder warf sie einen längeren Blick in den Spiegel: «Ich musste eben daran denken, wenn ich selbst Kinder hätte.»

«Nun, die wären vermutlich noch in zarterem Alter.»

«Aber einmal würden sie doch groß ... außerdem, wissen Sie, lieber Baron, dass ich nächstens 34 Jahre alt werde?»

Wie unvorsichtig, dachte Henning, ein paar Jahre weiter wird sie sich ärgern, dass man es ihr nachrechnen kann. Überhaupt, Frauen sollten ihr Alter immer unbestimmt lassen, möglichst viel Raum für Illusionen, in jeder Beziehung.

Und dann sagte er scherzend:

«Barmherzigkeit, Frau Käthe, Sie haben heute eine Tendenz zu entgleisen, und das passt nicht zu Ihnen. Sie können nicht von Ihrem Spiegel wegfinden, stehen da und machen Betrachtungen über Ihr Alter und die Kinder, die Sie haben könnten ... übrigens, vielleicht würde es Ihnen ausgezeichnet stehen – eine Schar blühender Kinder.»

«Das dachte ich gerade auch, aber ich bin eine kinderlose Witwe, die von ihren Renten lebt ... gräulich.»

«Heiraten Sie doch Hans Burmann, il ne demande pas mieux.»

«Burmann ... nein.»

«Dann mich ... ich würde Ihre Renten gar nicht gräulich finden.»

Sie warf ihm einen raschen Blick zu und lachte dann: «Geben Sie acht, dass ich Sie nicht beim Wort nehme. Aber was wird dann mit Lucy? Ich würde eifersüchtig sein und mich mit dem verdammten Schweden trösten.»

«Ach, Lucy ... ich glaube jetzt kaum mehr, dass wir sie noch finden. Außerdem ist sie nichts zum Heiraten – – – Lucy wünscht sich gewiss keine Kinder.»

Georg und Hedy kamen jetzt endlich herein, sie hatten im Korridor am Telefon endlos miteinander zu flüstern gehabt, und das Personal streifte sie mit neugierigen Blicken.

Das kleine Gastzimmer war voll Wintersonnenschein und gut geheizt. Man setzte sich zu Tisch, hatte guten Appetit und fühlte sich bald gemütlich und in einiger Ferne von allen sonstigen Angelegenheiten. Keiner hatte mehr Lust, über unangenehme Ereignisse oder bedrückende Fragen zu sprechen.

Henning saß neben dem jungen Mädchen und machte ihr die Cour in aufgeräumter Stimmung, die er auch den anderen mitzuteilen suchte.

«Machen Sie jetzt, bitte, vergnügte Augen, wenn es auch nur für mich ist. Georg hat es vielleicht gerne, wenn Sie manchmal tragisch dreinblicken. Zur wahren Liebe gehört ja immer etwas Tragik. Kann sie das auch, Georg?»

Der lächelte überlegen.

«Darüber werden keine Details veröffentlicht.»

Hedy trank Wein und lachte. Sie brauchte eine Reaktion, und sie fühlte sich wohl unter diesen Menschen, die gesellschaftlich und dabei leger waren. Zu Hause und in ihren Kreisen war das ganz anders, und sie begann darüber nachzudenken, warum, allerlei wirre Gedanken, denen sie schließlich mit der Bemerkung Ausdruck gab: «Ich glaube, meine Eltern sind, was man Protzen nennt.» Alle lachten, aber man begriff, dass sie mit diesem Bekenntnis den Versuch machte, ihnen näherzukommen.

«Ja, deine Eltern», sagte Georg, «es ist schrecklich, dass alle Menschen Eltern haben. Könnte man doch einfach so da sein.»

Henning dachte mit einem Seufzer an seinen Vater und die junge Stiefmutter und meinte: «Ja, sie sind oft lästig, aber man muss sie nehmen, wie sie sind. Sehen Sie, Hedy, mein Vater ist sehr vornehm und war einmal sehr reich, aber ihm lief das Geld durch die Finger, und ich werde eines schönen Tages – – lassen wir das. Sie dagegen stört es, dass Ihre Eltern, wie Sie eben so hübsch sagten, Protzen sind. Aber das hat auch seine Vorzüge. Seien Sie froh, dass man Sie mit allen Annehmlichkeiten des Daseins umgibt. Ihr eigenes Milieu können Sie sich später immer noch machen, wie es Ihnen zusagt ... Sie wissen doch, was ein Milieu ist?»

«Ja, natürlich weiß ich das», sagte sie halb beleidigt, sah ihn aber dabei vertrauend und lernbegierig an.

«Nur die materiellen Dinge nicht unterschätzen, solange man jung ist, später hat man dann ... o nein, es stimmt nicht ganz, was ich sagen wollte. Aber wenn Sie einmal die Kinderschuhe ausgetreten haben ...»

«Kinderschuhe ... ich werde Ihnen einen Kinderschuh von mir schenken, einen recht ausgetretenen, damit Sie endlich begreifen, dass ich kein Backfisch mehr bin.»

«Ja, tun Sie das, ich werde mich sehr darüber freuen.»

«Meine Mama hat eine ganze Menge davon aufgehoben, die lässt sie dann vergolden und hängt oder stellt sie irgendwo auf – ist das nicht geschmacklos?»

«Es geht ... wie man's nehmen will. Es hat auch etwas Ergreifendes, eine Mama, die Reliquien sammelt. – Sind Sie das einzige Kind?»

«Nein, ich habe noch einen gräulichen kleinen Bruder ...», und sie begann weiter von ihrem Zuhause zu erzählen.

Käthe und Georg, die ihnen gegenübersaßen, hatten sich inzwischen in ein ernsteres Sondergespräch vertieft. Dann kamen das Dessert, der Sekt und gleich darauf Burmann.

«Immer eure Situationen, die ich mitmachen soll», sagte er, «was ist denn das wieder für ein Winteridyll – – ein Sünder und eine achtbare Witwe dinieren mit der jüngsten Lebewelt, außerhalb des Weichbildes einer Großstadt ... Ich habe übrigens einen wundervollen Gang gemacht, hier heraus, und ausnahmsweise gar keine Lust, euch ins Gewissen zu reden. Gebt mir lieber zu trinken. Sei still, mein Junge, ich weiß natürlich schon alles. Dein Vater hat endlos mit mir telefoniert. Wir werden sehen, was sich tun lässt.»

Käthe legte Georg mütterlich die Hand auf die Schulter, sie hatte den Jungen besonders gern und sagte: «Na, hoffen wir, dass die Wolke wieder vorüberzieht. Und du, Hans, bist ja heute in Extralaune, was ich von mir nicht gerade behaupten könnte. Wohlwollend und tolerant für die Schwächen deiner Mitmenschen.»

«Ich habe einen schweren Patienten durch die Operation gebracht, aber das versteht ihr ja doch nicht. Prosit!»

Man stieß an.

«Also prosit», sagte Henning, «es lebe ... es muss doch irgendetwas leben, wenn man anstößt.»

«Der Selbstmordverein!», rief plötzlich Hedy mit ihrer etwas zu hellen Stimme, während der Schaum von dem übervollen Glas ihr über die Finger lief. Sie war schon ein wenig angeheitert.

«Nein, kleine Cousine», und der Doktor war gleich wieder ernster, «ich bin dafür, dass man diesen Verein so rasch wie möglich wieder begräbt. Sprechen wir lieber nicht mehr davon.»

«Begraben wir ihn dann wenigstens lustig», meinte Henning. «Spiel, Hans, wir werden ein bisschen tanzen.»

«Richtig, tanzen wir», sagte Käthe wie erleichtert, «tanzen wir uns alle die dummen Geschichten vom Gemüt herunter.»

«Du auch?», fragte Burmann und sah sie verwundert an.

«Sie hat, solange wir da tafeln, keine zehn Worte gesprochen.»

«Ja ... ich weiß nicht ... die Kinder waren nicht wie sonst, Henning versuchte das Seelische zu ignorieren, was ihm aber nicht recht glückte. Und heute hat's mich auch.»

Damit ging sie an das Klavier, machte es auf und schlug ein paar Töne an: «Ach, das Ding ist auch verstimmt, aber es macht nichts. Also spiel, Hans, und ich werde mit Henning den Ball eröffnen.»

«Schön, spiel, Hans», wiederholte Burmann resigniert und begann eine Mazurka, «aber vertanzt mir dann, bitte, eure Phantome und Selbstmordvereine und andere Verrücktheiten recht gründlich.»

Der Kellner schaute verwundert drein, während er die Tische und Stühle beiseiteschob. Diese Leute schienen ihm merkwürdig, was sie alles für krause Dinge redeten, und nun wollten sie am hellen Nachmittag tanzen.

«Lassen Sie den Sektkübel stehen und die Gläser», rief ihm Henning zu, «und zwei neue Flaschen. – Georg, Hedy, rührt euch, oder meint ihr, wir wollten euch vortanzen und ihr dürft nur zuschauen?»

Sie gehorchten halb mechanisch. Hedy war dann bald mit großer Lebendigkeit bei der Sache, sie fand diesen improvisierten Ball herrlich. Georg dagegen war zerstreut, es war das erste Mal, dass sie miteinander tanzten, bisher hatte sich nie Gelegenheit dazu geboten, und er bewunderte die leichte Selbstverständlichkeit, mit der sie sich bewegte. Er liebte sie in dieser Stunde mehr wie je, aber dazwischen dachte er immer noch wie hypnotisiert an seinen toten Schulfreund und an seine eigene Zukunft. Bisher war ihm das Leben immer glatt und ohne Verwicklungen hingegangen, zu Hause wie in der Schule und mit Hedy, an das Weitere dachte man nicht. Nun kam es vielleicht an ihn heran, alles Mögliche konnte herankommen, und er fühlte selbst, dass es noch zu früh sei. Man war noch Gymnasiast und der Sohn einer geordneten Familie, der über nichts selber zu bestimmen, ja noch nicht einmal mitzureden hatte.

Burmann spielte unermüdlich einen Tanz nach dem anderen, trank dazwischen ein Glas Sekt und einen schwarzen Kaffee, dachte an seinen geretteten Patienten und dass es ganz angenehm sei, hier und da einen freien Nachmittag zu erleben, so wie heute am Klavier zu sitzen und befreundete Menschen um sich zu haben. Er selbst tanzte nicht gern.

Die Paare wechselten, jetzt tanzte Georg mit Käthe und Henning mit der Kleinen. Das Wirtspaar kam zuschauen, der Wirt fragte höflich, ob er sich erlauben dürfe, die Damen um ein Tänzchen zu bitten, was dann wieder Henning verpflichtete, seine Frau einige Mal herumzuschwenken. Sie war entzückt, mit einem leutseligen Baron zu tanzen, und sagte, man solle doch öfters kommen, hier draußen sei man ja ganz ungeniert. Untertags und überhaupt in der Woche gebe es selten Gäste.

«Ja, ja», sagte Henning zustimmend und war ganz froh, als er dann wieder die leichte Hedy im Arm hatte.

Draußen wurde es allmählich dunkler, die Sonne ging rot und langsam unter.

«Nun tanzen wir zum Schluss einen Konversationswalzer ... erzählen Sie mir noch weiter von sich, Hedy. Wir lernen uns ja heute erst etwas näher kennen ... Und dann schickt man die Kinder nach Hause.»

Ihr war sehr wohl, und sie genoss den sonderbaren Tag mit lauter ungewohnten Dingen, den es heute für sie gab. Weintrinken, Gesellschaft und Tanzen, wo man sonst um diese Zeit Sprach- oder Musikstunden hatte.

Drüben walzten Georg und Käthe, bald dicht an ihnen vorbei, bald wieder in der Entfernung. Sie sprachen eifrig zusammen und riefen manchmal dem Doktor, der mit heroischer Ausdauer immer noch am Klavier saß, ein paar Worte zu. Hedy lehnte sich zurück an Hennings Schulter mit halbgeschlossenen Augen und fühlte sich sehr geborgen und zutraulich.

«Ich möchte, es wäre immer so, alle Tage so ähnlich wie heute», sagte sie halblaut, «aber dann muss man wieder nach Hause.»

«Zu Hause haben Sie doch wahrscheinlich auch allerhand angenehme Dinge ... ein hübsches Zimmer, schöne Sachen ...»

«Ja, alles, was ich will, aber es ist sehr langweilig. Und sprechen Sie doch nicht immer mit mir wie mit einem kleinen Kind ...»

«Ich weiß immer noch nicht recht, was Sie sind.»

«Das wird sich zeigen ... wenn zum Beispiel Georg jetzt wirklich von der Schule käme ...», meinte sie sehr energisch und warf einen langen Blick zu Georg hinüber, der ihn auffing und zurücklächelte.

«Wieso denn?»

«Dann bleibe ich auch nicht mehr zu Hause.»

«Kind, das sagt man so. Ihr vergesst noch immer, dass überall die sogenannte raue Wirklichkeit dazwischensteht. Sie ist tatsächlich sehr rau, wenn man mit ihr in nähere Berührung kommt und sich mit hundert praktischen Fragen auseinandersetzen soll, die bisher von anderen Personen erledigt wurden. Sie können doch nicht das alles, was Sie heute umgibt, nur so hinwerfen und mit dem Herzliebsten in die Welt hinauslaufen wie in einem Volkslied.»

«Oh, man kann alles mögliche», erwiderte Hedy gläubig. «Ich könnte vielleicht zum Theater gehen oder Tänzerin werden oder sonst etwas. Das haben schon andere auch getan.»

«Nur ohne Georg leben kann man nicht?»

«Nein», sagte sie vollkommen überzeugt, «das kann ich nicht. Doch glaubt mir jetzt vielleicht niemand, ich weiß schon. So wie meine Freundin, mit der ich heute Mittag an der Post war – die ist die Einzige, die alles weiß, und meint auch, ich sei doch nur ein oberflächlicher Fratz. In zwei oder drei Jahren würde man mich verheiraten, und dann hätte ich Georg bald vergessen. Sie behauptet, so endete es mit allen Jugendlieben. Kann sein, dass ich sonst oberflächlich bin, es macht mir Spaß, schöne Kleider zu haben und Ringe und dergleichen, und wenn man mir nachsteigt ... schon, weil es die anderen Mädchen ärgert»– sie machte eine Pause, man kam gerade an den anderen vorbei, die jetzt auf dem Sofa saßen und ausruhten, und hörte Käthe atemlos sagen: «Die werden ja überhaupt nicht müde.»

«Nur weiter, Hedy, die anderen ärgern sich also ...»

«Und wie!», sagte sie wegwerfend. «Mir steigen ja viele Buben nach und auch Erwachsene. Das macht mir Vergnügen, aber ich mache mir nichts aus ihnen, absolut nichts. Ich werde nie jemand anders gern haben als Georg ...»

Das ist die Sprache der Leidenschaft, dachte Henning, wenn auch noch schulmädchenhaft formuliert. Und Entschlossenheit, Mut, es ist alles da, was das Leben von einer Liebesaffäre verlangt.

Und dann sagte er: «Wir müssen Schluss machen, man wird ungeduldig. Dann lassen wir ein Auto rufen und fahren euch nach Hause ... Schade, ich hätte gerne noch etwas weitergefragt. Ich möchte noch Verschiedenes von Ihnen wissen – aber dann vielleicht nicht mehr, wie man ein Kind fragt.»

Er fühlte, wie bei seinen Worten ein leiser Schrecken durch ihren Körper lief, sie schlug die Augen jetzt voll auf und wurde rot.

«Nein, fragen Sie lieber nicht. Man kann nicht von allem sprechen.»

«Nicht aus Neugier, Hedy, oder aus Indiskretion, aber man könnte doch so etwas wie Besorgnis um euch zwei haben. Eigentlich haben Sie mir auch schon geantwortet. Und ich bin doch schließlich kein Kommerzienrat.»

«Schluss, Schluss», riefen die anderen vom Sofa her, und Burmann hörte auf zu spielen. Man kühlte sich noch eine

Weile ab, dann kam das Auto ... Während der Heimfahrt warf Hedy sich dicht an Georg heran.

Dem alten Josias lag es ob, seinen Herrn allmorgendlich mit Behutsamkeit zu wecken, nicht zu früh, nicht zu spät, immerhin so, dass man noch zu einer möglichen Zeit frühstücken konnte. Aus langjähriger Erfahrung wusste er, eine wie schwierige und verantwortungsvolle Aufgabe es ist, Menschen, die spät, mit von Alkohol und Amüsements belasteten Nerven, schlafen gehen, auf erträgliche Weise in den neuen Tag hinüberzubalancieren, und es war ein ganzes Kunstwerk, wie das täglich in Szene gesetzt wurde. Zuerst begab er sich in das anstoßende Ankleidezimmer, dessen Tür offenstand, legte dies und jenes zurecht und verursachte diskrete Geräusche, die dem Schläfer allmählich die Wirklichkeit näherbrachte, ohne ihn brutal aufzustören. Dann entzündete er den Gaskocher, setzte den kleinen, blanken Messingkessel mit dem Rasierwasser auf und spähte vorsichtig durch die Tür. Jetzt wusste Henning, der alle diese Manipulationen gewohnheitsmäßig im Halbschlaf verfolgte: Aha, es ist Morgen, man wird aufwachen müssen, und das leise Summen der Gasflamme rief ein angenehmes Gefühl von geregelter Häuslichkeit und wohligem Bedientsein hervor. Worauf der Alte in die Küche ging und mit einem Tablett zurückkehrte – ein Glas Tee und die Post waren die Dinge, mit denen nunmehr das eigentliche Wecken eingeleitet wurde und mit denen Henning sich mehr oder minder eilig beschäftigte, während Josias die Vorhänge zurückzog und außer dem «Guten Morgen, Herr Baron» eine Bemerkung über das Wetter machte. Diese Bemerkung wurde stets optimistisch gehalten, bei schlechtem Wetter die Aussichten auf besseres betont und bei gutem einfach die erfreuliche Tatsache festgestellt.

Burmann, bei dem Josias nur einmal, und zwar erheblich früher, anzuklopfen hatte, mokierte sich des Öfteren über dieses Zeremoniell. Henning lachte dann, der alte Diener aber fühlte sich verletzt und sprach sich gelegentlich in der Küche gegen die Haushälterin, Frau Lohr, darüber aus.

Ein Baron war seiner Meinung nach in erster Linie zum Bedientwerden auf der Welt, das aber konnten die bürgerlichen Herrschaften nicht begreifen. Übrigens den Doktor in allen Ehren, so tüchtig, wie der war und gewiss auch ein feiner Herr, aber dennoch war es etwas anderes. Frau Lohr stimmte ihm durchaus bei, sie fühlte sich sehr geehrt, mit einem richtigen Herrschaftsdiener zusammen tätig zu sein, der wohlwollend mit ihr verkehrte und dessen abgeschliffene Manieren und feudale Ansichten ihr imponierten. Für den jungen Baron schwärmte sie, es waren Glanzpunkte in ihrem Leben, wenn er manchmal selbst in die Küche kam und ernsthafte kulinarische Gespräche mit ihr führte.

«Josias, morgen kommt mein Vater», sagte Henning eines Morgens kurz nach dem Ausflug mit Hedy und Georg.

«Der alte Herr Baron ... ah.»

Josias war grade mit den Vorhängen beschäftigt und erläuterte, es sei Tauwetter eingetreten. Henning wandte den Kopf nach dem Fenster, draußen war es grau und neblig, die Vögel zwitscherten mit besonderer Lebhaftigkeit, und man spürte schon etwas den herannahenden Frühling. Der Alte stand da mit seinem langen weißen Bart und sah aus wie ein entthronter Fürst.

Es stimmt eigentlich ganz gut, dachte Henning, wir werden wohl beide eines Tages unseren Palast verlassen müssen und in irgendein trübes Exil auswandern. –

«Nun, was sagst du dazu?»

Josias zitterte ein wenig vor Aufregung.

«Ja, Herr Baron, was soll ich wohl dazu sagen ... wird die gnädige Frau denn auch mitkommen?» Er hielt es durchaus mit dem jungen und fand die Ereignisse, mit denen der Vater inzwischen sein Leben ausstaffiert hatte, wenig lobenswert.

«Nein, die gnädige Frau bleibt daheim und hütet ihre Babys ... zwei kleine Stiefbrüder haben wir jetzt schon, Josias, und wer weiß, wie viele es noch werden mögen.»

«Ich meine, wenn ich mir das erlauben darf, der Herr Baron hätten lieber der einzige Sohn bleiben sollen.»

«Da hast du recht, mein Freund, aber wir können es nicht mehr ändern. Die Buben sind jetzt da und brauchen, weil sie zwei sind, doppelt soviel Platz wie ich. Deshalb werden wir unsere Gewohnheiten ein wenig verändern müssen, Josias. Das kommt davon, wenn man einen lebenslustigen Papa hat.»

«Ja, der Herr Baron war immer sehr munter», bemerkte Josias unzufrieden, «aber jetzt haben wir ihn schon lange nicht mehr gesehen. Und bei uns ist alles umgekehrt, wenn ich so sagen darf. Sonst sind es die Herren Söhne, die den Unfug anrichten, und der gnädige Herr Papa hat den Ärger.»

«Wir wollen nicht ungerecht sein, Alter, andere Väter sind in der Regel auch viel strenger und unbequemer. Meiner ließ mich wenigstens tun, was ich Lust hatte, und niemals hat es böse Worte gegeben. Überhaupt ist da nichts zu machen, wir müssen die Sachen nehmen, wie sie nun einmal sind ... Tu jetzt das Tablett da weg ... ist das Bad fertig? Ich will aufstehen.»

«Ja, gewiss ist es fertig, Herr Baron.» Josias nahm das Tablett, schob sorgsam die Briefe und Zeitungen, die neben dem Teeglas lagen, auf den Nachttisch und schickte sich an, zu gehen.

«Was willst du denn noch? Oh, sieh mich nur nicht so bekümmert an.»

Der Alte stand mitten im Zimmer und sah wirklich recht verzweiflungsvoll drein.

«Wenn ich noch etwas fragen darf, Herr Baron ... Das Gut – – das Gut wenigstens bleibt doch Ihnen?»

«Na ja, als Ältester bin ich natürlich der Erbe. Aber ich will es nicht. Was tu ich damit ohne das nötige Geld? Besser, man zahlt mich aus. Ich mag ja schon jetzt nicht mehr hin. Wenn du etwa Heimweh hast, bleibt es dir immer frei, wieder zu meinem Vater zu gehen.»

«Ich bleibe lieber beim Herrn Baron.»

«Und wenn alle Stränge reißen, kannst du auch bei der gnädigen Frau eintreten. Denke dir, Josias, eine schöne Frau bedienen!»

Dafür aber hatte Josias keinen Sinn. Er schüttelte seinen weißbärtigen Fürstenkopf und ging in die Küche hinaus, um sich mit Frau Lohr weiter über den Fall auszusprechen.

Der vielfach besprochene und viel kritisierte Vater kam an. Er war vornehm, aufrecht und jugendlich wie immer, mit einem diplomatischen, unnahbaren Zug um den Mund. Der war ihm von jeher eigen gewesen, hatte sich in den letzten Jahren noch verschärft und wirkte äußerst suggestiv. Wer diesen Mann nach seinem Äußeren beurteilte, kam gewiss nie auf den Gedanken, es könne etwas in seinem Leben nicht in Ordnung sein oder gar Angriffspunkte bieten.

Erasmus, der Sohn, stellte das mit Befriedigung fest, als er ihn an der Bahn empfing und mit Herzlichkeit begrüßte. Sie hatten sich über zwei Jahre nicht gesehen, aber da war nichts verändert, als sei man vorgestern zum letzten Mal zusammen gewesen. Während sie dann zum Hotel fuhren und man des Rasselns halber auf eine Unterhaltung verzichtete, musterte er den Vater im Stillen, und das Resultat der Musterung war im Ganzen günstig. Dann fiel ihm plötzlich ein Grabdenkmal ein, das er auf einem italienischen Friedhof gesehen hatte und das trotz seiner Geschmacklosigkeit sehr bewundert wurde. Es stellte eine Wand dar mit einer Tür, in der Tür stand der verstorbene Vater und einen Schritt zurück der Sohn, beide in moderner Kleidung mit steifem Hut. Der Vater mit einer abschließenden Geste schien etwas zu sagen: Adieu, ich begebe mich nun in die Ewigkeit, und der Sohn, der ihn bis an die Tür begleitet hat, lüftet ein wenig den Hut: Schön, Papa, lass es dir gut gehen.

Er lächelte unwillkürlich, als er an jene marmornen Gestalten mit den steifen Hüten dachte und dass sie ihm eben jetzt wieder einfallen mussten. Der ältere Herr – man konnte ihn noch nicht ganz mit Recht als den alten Herrn bezeichnen – beugte sich leicht vor und wollte etwas sagen, aber in diesem Augenblick hielt der Wagen, und man musste sich vorläufig dem Hotelpersonal widmen.

Später saßen sie im Speisesaal, ein wenig abseits in einer behaglichen Ecke. Auf dem Tisch stand ein Strauß von gelben und bräunlichen Chrysanthemen. Erasmus bekümmerte sich um jede Einzelheit, er hatte nichts vergessen, was der Geschmacksrichtung seines Vaters entsprach, und wünschte diesem vor allem den Eindruck zu geben, dass er als willkommener Gast aufgefasst werde. Auch sollte das Gespräch nicht gleich auf die Unannehmlichkeiten kommen. So fragte er nach hundert Dingen, nach dem Winterleben auf dem Gut, nach dem Befinden der Stiefmutter und der Kinder. Gott sei Dank, nervös war der Papa noch nicht geworden, er behielt seinen unnahbaren Ausdruck und antwortete mit ruhiger, gemessener Freundlichkeit, seine scharfen, grauen Augen gingen manchmal durch den Saal und ruhten dann wieder auf dem Sohn, der ihm gegenübersaß.

Das Gut ... Ja, man hatte einen neuen Inspektor, der frühere hatte Summen von bedrückender Größe unterschlagen. «Ein großer Fehler, dass man nicht von vornherein misstrauisch ist. Jahrelang lässt man sich die Bücher vorlegen, in den Büchern stimmt alles, in der Wirtschaft scheint alles zu stimmen, und dann schließlich ist es doch ganz anders», sagte Henning senior mit vollendeter Fassung, nur eine diskrete Falte zwischen den Brauen wurde sichtbar, aber sie glättete sich bald wieder.

«Erzähl mir jetzt lieber etwas von dir, Erasmus. Du siehst vorzüglich aus und scheinst bei guter Stimmung. Ich habe das, offen gesagt, kaum erwartet, dass du dich über meinen Besuch freust. Ich komme ja leider ...», er suchte nach einem Ausdruck und lächelte, als ob er gerne eine ironische Bemerkung an seine eigene Adresse gerichtet hätte.

«Ach, Papa, du kommst wie ein gestürzter Minister, verzeih meine Respektlosigkeit, der immer noch erwarten darf, dass das Volk ihm zujubelt. Schließlich war doch nur diese oder jene ungünstige Konstellation daran schuld.»

«Aber jetzt sind wir fertig, denke ich. Trinken wir den Kaffee in der Halle.»

Sie schritten durch den Saal, und die anderen Gäste, die noch essend oder plaudernd herumsaßen, schauten ihnen mit mechanischer Hotelneugier nach. Die beiden nahmen sich sehr gut nebeneinander aus, und die Familienähnlichkeit war nicht zu verkennen. Nur war der Ältere größer und schmaler mit helleren Augen und ebenmäßig ergrautem Haar, während bei dem jungen alles gleichsam dunkel unterstrichen war. Seine Mutter war die Tochter eines exotischen Konsuls gewesen, übrigens war sie früh gestorben und für ihn nur mehr eine verschwommene, etwas fantastische Erinnerung an helle Kleider und lustige Kinderspiele.

«Ja, sei nur ruhig, Papa, das Volk jubelt dir immer noch zu», sagte Erasmus, nachdem sie sich wiederum niedergelassen und einen Augenblick dem stets bewegten Kommen und Gehen in der Halle zugesehen hatten.

«Ich habe mich wirklich gefreut, dich hier zu haben, und hoffe, du bleibst längere Zeit. Betrachten wir das jetzt als gemeinsame Reise und eine Art Ferienvergnügen. Ich denke, ein wenig Großstadt muss dir Spaß machen, nachdem du jetzt so selten mehr herauskommst.»

Der Papa rauchte seine Zigarette, sah den Sprechenden prüfend an und warf hier und da einen zerstreuten Blick auf die Kaffeemaschine, die vor ihnen stand und mit großer Munterkeit sprudelte und zischte.

«Du erinnerst mich heute ganz besonders an deine Mutter», sagte er dann nachdenklich. «Sie hatte dieselbe Art, mir zuzujubeln, wie du dich ausdrückst, immer gute Miene zum bösen Spiel zu machen. Ich war leider schon damals kein glücklicher Spieler, nur fiel es noch nicht so ins Gewicht.»

«Macht nichts, Papa, man ist schließlich, wie man ist, und es mag ganz gut sein, dass ich von der Mama die tropische Indolenz mitbekommen habe, wie mein Freund Burmann das zu nennen pflegt. Er geht noch weiter und behauptet, ich habe zu wenig Rückgrat ...»

«Ich fürchte auch, mein Junge, wir kommen nicht viel weiter, wenn wir uns da gemütlich gegenübersitzen und uns wohlwollend beurteilen.»

«Also Mut, Papa, trinke deinen Kaffee, und dann wollen wir die Lage ins Auge fassen, wie es sich für ernste Männer gehört. Reden wir nicht erst davon, was geschehen und nicht mehr zu ändern ist, sondern gehen wir gleich zur Zukunft über. Ich bin eine Perle von Sohn und werde niemals einen Vorwurf gegen dich erheben.»

Der Vater zuckte die Achseln und sah noch um eine Nuance vornehmer aus.

«Du weißt, es gibt Söhne und vielleicht auch Töchter», fuhr Erasmus unbeirrt fort, «die vor ihre Eltern hintreten und sich beklagen, man habe sie nicht richtig erzogen, nicht gut gelenkt oder sich nicht genügend um ihre Zukunft gekümmert ... Davon stehe ich also ein für alle Mal ab. Im Gegenteil, ich habe es immer sehr angenehm empfunden, dass du mir soviel freie Hand ließest. Als einziger Akt väterlicher Strenge ist zu verzeichnen, dass ich meinen Doktor jur. machen musste – sonderbar, warum Eltern das immer für unerlässlich halten. Damals fand ich es recht überflüssig und grausam.»

«Und jetzt?»

«Du schriebst mir ja schon darüber ... du meintest, ich könnte als Jurist im Bankfach Karriere machen, natürlich aufgrund unserer Beziehungen und so weiter. Lieber Papa, wir wollen es doch etwas anders formulieren. Gewiss, man kann alles versuchen, ich denke sogar, die nötigen Schritte und Besuche schon in nächster Zeit zu unternehmen. Vielleicht bringe ich es soweit, mich als Jurist im Bankfach zu betätigen und so etwas wie ein Gehalt zu beziehen, aber bitte ergehe dich nicht in Illusionen. Karriere machen liegt nicht in meiner Linie.»

«In deinem Alter kann man die Linie noch verändern – – meine dagegen ist leider nicht mehr stark zu beeinflussen», und er beschrieb mit seiner schmalen Hand einen Bogen durch die Luft, welcher das Abwärtsgehen der Linie andeutete.

«Nun, abwärts geht es ja auch bei mir», erwiderte Erasmus, «sag mir lieber gleich, Papa, wie viel du mir noch geben kannst ... wenn dein neuer Inspektor sich als ehrlich erweist und keine weiteren, unvorgesehenen Schrecknisse eintreten.»

Der Vater nannte nicht ohne Zögern eine Summe, und seine Augen wanderten währenddem zu einer Gesellschaft von Herren und Damen hinüber, die in Theatertoilette die Treppe hinabkamen. Pelze, Zylinder, ein grünes Chiffonkleid, zierliche Füße und lebhafte Stimmen.

Die Summe war noch niedriger, als Erasmus erwartet hatte, und er empfand jenen leisen frostigen Schrecken, mit dem man eine allmählich heranrückende Gefahr plötzlich dicht vor sich stehen sieht. Er schwieg und blickte ebenfalls zu der Gesellschaft hinüber, die jetzt unter Lachen und Sprechen in der Entreetür verschwand. Gleich darauf hörte man ein Auto fortsausen. Seine Gedanken folgten ihnen ganz mechanisch und kehrten erst wieder zurück, als er den Vater fragen hörte:

«Hast du Schulden?» Es klang, wie wenn ein Arzt teilnehmend und voller Verständnis fragt: «Haben Sie Schmerzen?»

«Schulden ... o ja, ziemlich viele», und diesmal war es der Sohn, welcher einen Bogen in die Luft zeichnete, und dieser Bogen schien unbestimmt ins Unendliche zu verlaufen.

«Ja, lieber Erasmus, hättest du das nicht vermeiden können, indem du etwas früher anfingst, dich den veränderten Verhältnissen anzupassen?»

«Gewiss, Papa, man hätte, aber man hat nicht. Du hast meine Einkünfte schon im letzten Jahr bedeutend verkürzt und mich schonend vorbereitet, aber ich konnte mich noch nicht entschließen, das Gewohnte abzuändern. Mach dir deswegen keine düsteren Gedanken, wenn ich erst ein tüchtiger und arbeitsamer Bankmensch geworden bin, werde ich wohl auch mit den Schulden fertig ... In drei Monaten läuft mein Mietskontrakt ab, da werde ich dann umziehen, mich vereinfachen und was sonst noch dazugehört.»

Er brachte das mit Entschlossenheit vor und dachte bei sich: Nein, das ist ja alles unmöglich ... umziehen in eine kleine Wohnung ... all das widerwärtige Detail und dann ein Büro ... man geht ins Büro und kommt mittags und abends nach Hause. Man hat wenig Geld und muss auf alle Ausgaben schauen.

«Weißt du, Papa», sagte er dann und versuchte alle diese Gedanken in irgendeinen Abgrund seines Bewusstseins zu schieben, «wir haben jetzt genug von Geschäften geredet. Ich weiß, was ich wissen muss, und halte es für eine überflüssige Zugabe, dass du mir noch weitläufig auseinandersetzt, wie das alles gekommen ist. Du brauchst deshalb nicht zu denken, dass ich edel oder großzügig sein will. Ich bin nur bequem und möchte dir und mir alles Peinliche schenken ... Schau doch einmal in den Spiegel dort, wie wir uns gegenübersitzen. Der – Pardon! – verkrachte Vater und sein Sohn am Scheidewege, Leute von Stande, die sich zu beherrschen wissen ... Wir haben doch viel Ähnlichkeit miteinander, auch äußerlich. Du siehst etwas älter aus, was ganz in der Ordnung ist, und du hast Weltmannsfalten, ich habe bis jetzt nur Lebfalten, wie die Käthe das nennt.»

«Wer ist die Käthe?»

«Eine wohlhabende, schöne und noch ziemlich junge Witwe, mit der ich viel verkehre.»

Er sah im Spiegel, dass des Vaters Gesicht sich lächelnd aufhellte.

«Nein, Papa, mach dir keine Hoffnungen. Ich bin in eine andere verliebt und weiß noch nicht einmal, wer sie ist, wo sie ist, noch überhaupt, was mit ihr ist. – Geh jetzt schlafen, du musst müde sein, das werde ich dir alles nach und nach erzählen.»

Henning senior ließ sich ohne viel Widerstand bereden, seinen Aufenthalt länger auszudehnen, als er ursprünglich beabsichtigt hatte, sah sich während dieser Zeit das Leben seines Sohnes näher an, lernte dessen Bekannte kennen und erwog skeptisch und ein wenig mutlos die Chancen, die sich für seine Zukunft aufstellen ließen. Dass er hier als Vater vor einer schwer lösbaren Aufgabe stand, war ihm von vornherein klar, man konnte dem Schicksal, wie es sich nun einmal entwickelt hatte, nicht in die Speichen fallen und weder die ungünstig gewordenen äußeren Verhältnisse ändern noch den Charakter des Sohnes nachträglich auf sie zuschneiden. Man hatte ihn zum Grandseigneur erzogen, und das war wohl der einzige Beruf, der sich mit seinen Neigungen und Anlagen deckte. Aber auch nur, solange er ihn lässig und dilettantisch ausüben konnte. Er war zu träge, um sich wie manche andere als Grandseigneur an sich durchzusetzen und auf diese Weise das Spiel in die Hand zu bekommen.

So blieb wohl nichts anderes übrig, als eine Stellung zu finden, für die seine Fähigkeiten hinreichten, und der Vater tat, was er konnte, um diesen Schritt wenigstens etwas vorzubereiten. Er holte halb vergessene Beziehungen zu einflussreichen oder nützlichen Persönlichkeiten wieder hervor, machte Besuche und ließ mit stoischer Haltung Einladungen über sich ergehen. Dabei hatte er zum ersten Mal das Gefühl, dass er jetzt für die Zukunft seines Ältesten wirklich arbeitete und schaffte, wenn er sich leutselig und distinguiert unter Menschen bewegte, die ihn im Grunde unsäglich langweilten.

Erasmus ließ sich hier und da bewegen, ihn zu begleiten, den Einladungen aber wich er aus, wie er überhaupt zu allem Ja und Amen sagte, was man ihm vorschlug, sich jedoch mit innerem Schauder abwandte, sobald es ihm lästig wurde. Seine Lust zu geselligem Verkehr war in diesem Winter sehr eingeschlafen, und der Vater bemühte sich vergebens, sie wieder zu beleben.

So wurden aus einer Woche zwei, und dann verging auch noch die dritte, bis der alte Baron sich entschloss, allmählich wieder abzureisen.

«Ich habe mich sehr wohl gefühlt als dein Gast», sagte er an einem der letzten Abende, «deine Bekannten sind reizende Leute, euer Interieur sehr gemütlich ... ich muss hinzufügen, es peinigt mich geradezu, dass du es aufgeben sollst. Es ließen sich doch vielleicht noch Mittel und Wege finden ...»

Sie saßen zusammen im Hotel auf demselben Platz in der Halle wie am Ankunftstage, dem Spiegel gegenüber, der das Bild «Vater und Sohn» gleichgültig wiedergab, sooft man es ihm vorführte. Beide waren zum Ausgehen gerüstet, den Hut auf dem Kopf und den Überzieher geöffnet, da es hier drinnen reichlich warm war. Man machte eine Pause zwischen verschiedenen Unternehmungen, hatte nach angekommenen Briefen gefragt und einen Kognak getrunken.

«Dein Optimismus, Papa, vermöchte noch eine Welt aus den Angeln zu heben, wozu doch nicht einmal wir Jüngeren mehr die Schneid haben. Ich selbst am allerwenigsten.»

«Das ist kein Optimismus, sondern nur nüchterne Berechnungen, aber leider liegen dir ja auch die allzu fern, als dass man irgendwelche Hoffnungen darauf gründen könnte.»

«Bitte, werde nicht aggressiv, du darfst nicht Eigenschaften von mir erwarten, die sonst bei niemandem in unserer Familie nachzuweisen sind ... Was sollte ich denn nach deiner Meinung für Berechnungen anstellen, um mein Interieur zu retten?»

Der Senior drehte mit vielsagender Geste seinen Ehering vom Finger und steckte ihn dann wieder an.

«Da läge das Heil für dich – am ersten Abend schon hatte ich rein instinktiv diesen Gedanken, als du mir nur zufällig den Namen nanntest. Und nachdem ich diese ungewöhnlich sympathische Frau näher kennengelernt habe, die doch zum Mindesten eine freundschaftliche Neigung für dich fühlt und du ebenfalls für sie, will es mir nicht aus dem Sinn, dass hier dein Glück zu finden wäre. Ganz abgesehen von der materiellen Seite der Sache. Vielleicht kein romantisches, überschwängliches Glück, aber das, was eigentlich besser und brauchbarer ist ... du weißt schon, was ich meine ...»

«Ja, das weiß ich ... aber du zwingst mich beständig zu respektlosen Äußerungen. Auf deinen Ehering darfst du nun schon gar nicht hinweisen, wenn du mich in dieser Richtung beeinflussen willst, weder auf den ersten noch auf den zweiten.»

Es war das erste Mal, dass Erasmus diesen Punkt direkt berührte, und auf seine Bemerkung entstand eine plötzliche Stille zwischen ihnen. Das Gesicht des Vaters war undurchdringlich, und er dachte an seine beiden Frauen. Erasmus' tropische Mama, die er aus unvernünftiger Leidenschaft geheiratet und, solange sie lebte, mit Juwelen und Kostbarkeiten behängt hatte wie ein heidnisches Götterbild. Den Gefühlsluxus durfte er sich immerhin leisten, der andere ging damals schon über seine Verhältnisse. Er ertappte sich bei wunderlichen Gefühlsregungen, vielleicht weil er Erasmus jetzt täglich um sich hatte und dieser stark an sie erinnerte, er hatte dieselben stumpfschwarzen Augen mit schweren Lidern. Wenn sie noch lebte, säße sie jetzt wohl hier zwischen ihnen, heiter und indolent, und scherzte mit ihrem großen Sohn. Es war hübsch und melancholisch, sich das auszumalen. Aber das Familienbild hatte sich verschoben, jetzt war die andere da, und auch hier hatte die Berechnung keine Rolle gespielt. Im Gegenteil, man war sehr verliebt ineinander gewesen. Sie war bedeutend jünger als er, und wenn sie auch nicht wie die andere beständig auf einem Ruhebett lag und sich mit Geschmeiden behängen ließ, so machte sie doch ihre Ansprüche, und die beiden Kinder, für die so vieles zu geschehen hatte, schienen ihm manchmal eine etwas überflüssige Zugabe.

«Überhaupt», sagte jetzt Erasmus, «die Käthe ist doch kein Tauschobjekt wie eine Perlenkette, um die man unter Indianern schachert. Ich schlage Burmann vor, er soll sie heiraten – du mir, ich soll sie heiraten, und wärest du noch Witwer, so würde ich sie dir wiederum anbieten.»

«Sehr richtig», die Antwort klang etwas zerstreut, der Baron kehrte erst allmählich wieder von seiner Gedankenwanderung zurück. «Nein, gewiss, Frau Käthe ist keine Perlenkette, um die man Schacher treibt, sondern eine sehr anmutige Frau, und mehr als das ... Wovon ich aber eigentlich sprechen wollte, das war etwas anderes ... die ganze Atmosphäre, in der ihr lebt ... Aber wir sind zu weit abgeschweift ...»

«Es ist Zeit, dass wir gehen, Papa, das Theater fängt um halb neun an, und Käthe liebt es gar nicht, wenn man sie warten lässt.»

«Schön, gehen wir.» Sie standen auf, verließen das Hotel und gingen über einen weiten, erleuchteten Platz dem Theater zu. Man fröstelte nach dem Stillsitzen im warmen Raum.

«Nachher», sagte der Vater und schlug den Kragen in die Höhe, «nachher habe ich eine Verabredung mit dem Kommerzienrat Schönlank. Kommst du mit?»

«Nein, Gott soll mich schützen. Ich habe ihm meinen Besuch gemacht, und das genügt vorläufig. Wir gehen in die Bar Rouge, wenn es dir Spaß macht, kannst du ja später nachkommen.»

«Gerade dieser Mann könnte dir sehr nützlich sein, wenn du seinen Kreis etwas kultivieren wolltest. Ich schwärme gewiss nicht für Finanzkreise, aber» – er unterdrückte die Begründung, man konnte doch nicht bei jedem Gespräch wieder auf den wunden Punkt zurückkommen. Man ging ins Theater.

«Schönlank ist noch keiner von den Schlimmsten. Er ist belesen, gebildet, gereist, man unterhält sich nicht schlecht mit ihm. Auch im Hause, ich war einmal zum `Five o'clock` dort, es gab eine ganz angeregte Unterhaltung und ein gutes Niveau.»

«Mag sein, Papa. Ich habe eine Privatantipathie gegen den Mann. Schon weil er unsere kleine Hedy sekkiert.»

«Wer ist das nun wieder», sagte der Vater nachdenklich und resigniert. «Ja, die Hedy ... die Käthe! Das war's, worüber ich vorhin sprechen wollte. Immer nur Vornamen. Wenn man euch zuhört, kennt man sich nie aus, um was es da sich eigentlich handelt. Das hat so einen Anstrich von Künstlerleben. Künstlerleben mag sehr nett sein, aber es taugt nicht, wenn man sich eine Position zu machen hat. Wenn ich an meine eigene Jugend zurückdenke ... was man mit Vornamen nannte, das gehörte auf ein ganz anderes Blatt. Damit wäre man wohl auch in die Bar gegangen – mit einer Dame gewiss nicht. Ich will deshalb gar nichts auf euren Ton sagen, ich finde an eurem Ton gar nichts auszusetzen, er ist weder lax noch zweideutig. Ich sehe höchstens, wie soll ich sagen, einen Hang zum Gehenlassen darin, eine nicht ganz unbedenkliche Bequemlichkeit, ihr tut eben, was euch Spaß macht ... Gott, was haben wir dagegen uns als junge Offiziere anstrengen müssen, um das immer auseinanderzuhalten, die Nächte durchgebummelt und dann wieder frisch sein, um den Damen der Gesellschaft den Hof zu machen.»

Er gähnte leise und diskret und gab sich einen leisen Ruck, während sie die Stufen zum Theatergebäude hinaufstiegen und durch den menschenleeren Korridor zur Garderobe gingen. Die Vorstellung hatte schon angefangen, und Käthe erwartete sie in der Loge, munter und etwas ungnädig.

Das Stück war langweilig, und man bekümmerte sich nicht viel darum, was da auf der Bühne getan wurde. Erasmus entschuldigte sich oberflächlich, dass er nicht besser gewählt habe. Im Grunde fühlte er sich nur verpflichtet, den Papa auch einmal ins Theater zu führen, und es war ja schließlich dasselbe, ob man hier saß oder in einem Restaurant. Man sah Leute und Toiletten, und dann ging man wieder fort ...

Er rückte etwas abseits und nahm das Publikum mit dem Opernglas durch, wie ein in sich versunkener Gelehrter den Sternenhimmel absucht. Käthe warf hin und wieder einen Blick auf ihn und dachte: Er sucht Lucy. Sie war beinah eifersüchtig, wenn er allein suchte, und fühlte eine Art Heimweh nach der ersten Zeit ihrer gemeinsamen Unternehmungen. Das war alles durch den Besuch des Vaters ins Stocken geraten und abgeschwächt worden.

Nach einer Weile gab Erasmus es auf, legte das Glas fort und schaute mit aufgestützten Armen vor sich hin, über die Brüstung oder nach der Bühne und hörte dem Gespräch der anderen zu.

Der Vater war ganz auf der Höhe, charmierte mit Käthe und plauderte alles Mögliche. Er strengt sich an wie in seiner Jugend, dachte Erasmus, aber man merkt es nicht. Das geht so ganz wie von selbst.

Jetzt erzählt er von früheren Bekannten, die er ganz unvermutet wiedergetroffen, nachmittags im Café, in demselben Café, wo sie schon vor zehn Jahren ihren Schwarzen tranken.

«Alle drei sind Junggesellen geblieben», erzählte Baron Henning, und seine Stimme war genau auf die Tonlage eingestellt, die eine Unterhaltung im Theater erfordert. Es klang fast, als vertrauten er und Käthe einander Geheimnisse an.

«Alte Junggesellen?»

«Sie müssen wohl so um vierzig herum sein, also bedeutend jünger als ich.»

«Käuze?», fragte dann Käthe, als ob man von amüsanten Haustieren spräche. «Ich habe ein großes Faible für Käuze, und sie werden immer seltener.»

«Ja und nein. Sie haben wohl ihre Schrullen, sind aber sorgfältig auf alle Äußerlichkeiten bedacht. Sie pflegen die Geselligkeit in jeder Form, sind beständig eingeladen, zu Tees, Abend- und Mittagsgesellschaften, Routs, Frühstücks und dergleichen mehr ... Ein bisschen moderner Tick ... im Café sitzen sie dann zusammen und sprechen von Lebensharmonie. Ich, Frau Käthe, bin ja leider zu wenig modern und beherrsche diesen Jargon nicht besonders. Man sprach wohl früher über dieselben Sachen, aber man drückte sich anders aus, nur das Resultat war natürlich ganz das gleiche.»

Käthe erwiderte etwas, was man nicht verstand.

«Außerdem sind sie Gourmands, richtige, echte Gourmands, und betreiben das wie eine edle Passion. Mit der Feierlichkeit einer Gerichtskommission begutachten sie die Küche der verschiedenen Häuser, wo sie verkehren, und sind deshalb natürlich bei den Hausfrauen etwas gefürchtet.»

«Ich finde Ihre Käuze gar nicht übel ... üben sie sonst noch einen bürgerlichen Beruf aus?»

«Nein, sie sind alle drei wohlsituiert, haben nur Interessen und dieses oder jenes Steckenpferd, zum Beispiel ein warmes Herz für die Jugend, die sie gerne in ihrem Sinne, nämlich in dem einer harmonischen Lebensführung, beeinflussen möchten.»

«Und Sie, Baron, sitzen daneben und mokieren sich im Stillen?»

«Ja, ich mokiere mich vielleicht. Ich glaube, dass man nichts und niemand wirklich beeinflussen kann, vor allem keine jungen Menschen. Das besorgt alles das Leben selbst.»

«Meinst du mich, Papa?», fragte Erasmus mit apathischer, wie aus der Ferne herüberklingender Stimme ... Er hatte sich bis dahin sozusagen unsichtbar gemacht, und der Vater wandte sich fast erstaunt nach ihm um und ging über seine Zwischenfrage hinweg.

«Du kennst ja die Herren, von denen wir sprechen. Augustin sagte mir, dass ihr euch öfters in Gesellschaft getroffen ...»

«Ja, natürlich kenne ich sie, und sicher sind sie schon damit beschäftigt, beim schwarzen Kaffee auch mein Schicksal zu stilisieren, falls sie über die dunklen Geschicke unseres Hauses unterrichtet sind. Ich will sie doch einmal wieder aufsuchen und verspreche mir mehr von ihnen als von deinen Kommerzienräten.»

«Momentan stilisieren sie das Schicksal einer talentvollen und unbemittelten Nichte, die auf die Malerei versessen ist.»

«Vielleicht ist das Lucy... ach nein, Lucy wird doch, so Gott will, keine Malerin sein.»

Der Vater machte eine unschuldige Bewegung.

«Haben Sie denn gar nichts für Lucy übrig?», fragte Käthe, «unsern Traum, unser Phantom ...»

«Unseren Spleen», ergänzte Erasmus und sah nach der Bühne, wo jetzt der Vorhang fiel. Die Darsteller wurden gerufen, zweimal, dreimal, und machten ihre Verneigungen mit beglücktem Lächeln.

«Unser Spleen, Käthe», wiederholte der junge Henning noch einmal, als sie nach einer schweigsamen Autofahrt in der Bar saßen, «der bleibt vielleicht das Beste an der ganzen

Geschichte, wenn der Papa fort ist, wollen wir ihn weiter kultivieren.»

Er stürzte einen Drink nach dem anderen hinunter, und sie sah ihm verwundert zu. Es war ihr schon seit einiger Zeit aufgefallen, dass er gegen seine frühere Gewohnheit viel trank.

«Oder es könnte auch eine große Albernheit sein. Wir laufen da herum, vermachen die Nächte und bilden uns ein, nach diesem Weib zu suchen, das am Ende, wenn es wirklich existiert, eine ganz üble Nummer oder eine dumme Gans ist.»

«Aber wir haben uns ganz wohl dabei befunden.»

«Ja, es ist sehr hübsch, zur Abwechslung Bruder und Schwester zu spielen, ich habe das noch nie gekannt. Wenn wir uns nun statt dessen ineinander verliebt hätten, Käthe, wie andere normale Menschen – vielleicht wären wir dabei noch viel glücklicher gewesen ... wer kann das wissen.»

«Ja, wer kann das wissen – aber ich bitte Sie, lieber Erasmus», und sie rückte ihm das Glas weg. «Machen Sie jetzt eine Pause. Sie entwickeln neuerdings Anlagen zum stillen Trinker.»

«Also die Kinder kommen auch hierher», sagte er in verändertem Ton, «wann waren sie bei Ihnen?»

«Am Nachmittag – nur Georg. Er hatte mir viel zu erzählen. Die Schulgeschichte ist beigelegt, das heißt, die Buben sind verwarnt worden; wenn sie sich noch das Geringste zuschulden kommen ließen, ginge es ihnen an den Kragen. Nach dem, was er so sprach, ist immer noch große Erregung unter ihnen über den Tod des Kameraden und die Art, wie man sie dann behandelt hat, halb wie ungezogene Kinder und halb wie angehende Verbrecher. Die fünf, welche den Selbstmordverein bildeten, der Sechste ist ja tot, haben sich verschworen, in allem zusammenzuhalten, was ihnen auch immer passieren könnte. Anfangs sei gar kein Pathos dabei gewesen, sagte er mir, aber jetzt ist es eine ganz pathetische Sache geworden zwischen ihnen. Mit Erziehung wird ja immer nur das Gegenteil erreicht. Jetzt sitzen sie beständig zusammen und debattieren mit erhitzten Gemütern. Ich finde den Jungen sehr verändert. Ach, was seid ihr alles für Menschen, jede Erschütterung wirft euch aus dem Geleise.»

«Ich war nie darin», antwortete Henning. Seine Stimme klang fremd, und sie begriff, dass er nicht mehr nüchtern war. Ein paar Sekunden kämpfte sie mit einer ärgerlichen Nervosität, die plötzlich in ihr emporsteigen wollte. Das Leben konnte ganz vernünftig, gut und angenehm sein, und so hatte man es auch bisher in ihrem engeren Kreise damit gehalten. Aber jetzt war es beständig, als ob eine unbestimmbare Spannung in der Luft läge und die Nerven aller vibrieren machte ... Käthe sann darüber nach, um sich wieder zu beruhigen, gewöhnlich wurde sie rasch mit solchen Stimmungen fertig. Sie pflegte nachzudenken, wie man aufräumt; das kommt hierher, das dorthin, das da muss repariert werden und jenes wirft man lieber gleich ganz weg ... Heute gelang es ihr nicht, die Umgebung war zu ungeeignet, so schob sie entschlossen alles von sich weg, nahm sich vor: ein anderes Mal und zwang sich zu ihrer offiziellen Munterkeit.

Das Lokal füllte sich indessen immer mehr, Leute kamen und gingen, tranken, standen herum oder ließen sich nieder und tanzten in dem freien Raum vor dem Büfett. Das Nachtleben kam in Gang.

Henning entschuldigte sich, dass er dummes Zeug geredet habe, der allzu unfehlbar weltmännische Papa rufe bei ihm eine Reaktion hervor, meinte er und wurde dann sehr lustig, ließ sich sogar mit Käthes Barkavalier, der unweigerlich auftauchte und um einen Tanz bat, auf ein Wortgefecht über den Tisch herüber ein.

Um Mitternacht erschienen Georg und Hedy. Gott mochte wissen, wie sie das wieder möglich gemacht hatten ... Käthe hatte am Nachmittag, als Georg ihr den Plan mitteilte, gedankenlos zugestimmt, jetzt war es ihr wie Henning etwas bedrückend, die beiden hier in dem zweifelhaften Durcheinander zu sehen. Sie waren aber weniger denn je gesonnen, sich bevormunden zu lassen, benahmen sich verwegen, rebellisch und überlegen. Hedy trug ein helles Kleid mit halblangen Ärmeln und eine erwachsene Frisur, die aussah, als sei sie eben, auf Reklame frisiert, vom Coiffeur gekommen. Das Kindliche an ihr schien absichtlich unterdrückt, und als Henning bemerkte, sie komme ihm ganz fremd vor wie eine Dame, der man sich erst vorstellen lasse, sagte sie herausfordernd:

«Das ist recht, jetzt will ich endlich einmal erwachsen sein. Von jetzt an kümmere ich mich um nichts und niemand mehr und tue, was ich will.»

Gleich darauf zog sie ihn in eine Ecke, lehnte sich beinah zärtlich an ihn und bat: «Tanzen Sie heute wieder einen Konversationswalzer mit mir wie damals im Waldrestaurant. Und morgen bringe ich Ihnen den Schuh, wissen Sie, den ausgetretenen, den ich Ihnen versprochen habe.» Dabei blinzelte sie wie immer, wenn sie ins Licht sah, ihre hellbraunen Augen, die manchmal ins Grünliche spielten, kniffen sich zusammen, und die Pupillen wurden ganz klein.

«Sie haben Katzenaugen, Hedy», sagte Henning, «und wie steht's mit den Krallen? Die wachsen Ihnen wohl noch.»

«Der Kuss und dann die Kralle ... so sind sie alle», sagte der Barkavalier, der in der Nähe stand. Er wunderte sich, dass der sonst so unzugängliche Baron, der nie von Käthes Seite wich, sich mit einem Mädchen beschäftigte. Er fand es ungehörig, übrigens hielt er Henning für keinen echten Baron.

Hedy sah ihn ablehnend an und zog Henning mit sich fort.

«Für Sie habe ich keine Krallen», versicherte sie, «aber auch keinen Kuss.»

«Ich will ja auch keinen, Kind, Georg würde es wahrscheinlich nicht gerne sehen.»

«Doch nein, ich werde Ihnen noch einmal einen Kuss geben. Ich habe Sie sehr gerne und will Georg schon erklären, wie das ist. Ich weiß schon, Sie gelten für einen Mädchenjäger», fuhr sie altklug und nachsichtig fort, «aber mit mir ist es anders.»

«Nun ja, gewiss, für Sie bin ich so etwas wie ein älterer Freund. Kommen Sie nur immer zu mir, wenn Sie einen solchen brauchen.»

Sie hatte auf einmal Tränen in den Augen und kam, nun der Kuss genügend erörtert war, auf die Kralle zurück.

«Ja, es gibt schon Leute, denen ich auch die Krallen zeigen möchte.»

«Wem denn?»

«Oh, diesem alten Hund von Kommerzienrat», und sie erzählte, dass der sie nun doch verraten habe. Er hatte ihre Mutter warnend darauf aufmerksam gemacht, dass sie sich mit einem jungen Menschen herumtreibe. Die war außer sich und wollte wissen, wer es sei. Hedy aber wollte es auf keinen Fall sagen. Die Mutter machte ihr nun Szenen, drohte auch den Vater einzuweihen, jammerte, dass sie leichtsinnig sei und sich ihre Zukunft verderben würde. Sie sollte eben durchaus eine glänzende Partie machen.

«Es fällt mir ja nicht ein», sagte sie, nein, sie wisse ganz genau, was sie wolle, und sprach so, als ob nur ihre Eltern unvernünftig seien und keine Ahnung von der Welt hätten. Sie selbst hingegen war sich vollkommen klar, wo hier das Richtige lag.

Henning bemühte sich, ihr vermittelnd zuzureden. Sie konnte doch die Mutter beruhigen, die Sache mit Georg als einen Schulflirt hinstellen, wie er bei allen einmal vorkomme, und dann vorsichtiger sein. «Ihr treibt es selbst für unsere Begriffe zu arg», meinte er, «zum Beispiel hierherzukommen.»

«Es gibt ja doch über kurz oder lang einen Krach», sagte sie leichtsinnig, «und da, finde ich, soll man sich vorher noch so viel wie möglich amüsieren. Georg wollte ja auch nicht, ich habe ihn mit vieler Mühe überredet, weil Sie und Frau Käthe auch hier sind ...», sie nickte Georg zu, der drüben beim Büfett stand, und sagte: «Übrigens will ich jetzt mit ihm tanzen. Nachher kommen wir dann an den Tisch.»

Erasmus kehrte zu Käthe zurück, die sich schlagfertig und amüsiert gegen einige neu aufgetauchte Courmacher verteidigte. Als er kam, zogen sie sich höflich, in Anerkennung seiner älteren Rechte, zurück. Nur der Ungar blieb in der Nähe, man war an ihn gewöhnt und bewilligte ihm Privilegien. Er durfte am Nebentisch sitzen und manchmal herübersprechen. Um Käthe aufzureizen, erzählte er, dass er den Baron mit einem feschen kleinen Mädel ertappt habe.

Käthe fächelte sich gleichmütig, und nun ging die Tür auf, eine Gruppe von Gästen drängte hinaus, und zwei Neuankommende blieben wartend stehen, bis sie vorbei waren. Es waren der alte Baron und der Kommerzienrat Schönlank.

«Sehen Sie Gespenster?», fragte Käthe. «Sie machen ein Gesicht wie ein erschrockener Schuljunge, wenn der Papa kommt.»

Erasmus fühlte tatsächlich ein eisiges Unbehagen.

«Nicht wegen dem Papa», sagte er leise, «aber der andere ist Schönlank, der Unglücksrabe. Hätte ich eine Ahnung gehabt, dass er den mitbringt! Wir müssen sehen, Hedy so schnell wie möglich noch unbemerkt abzuschieben.»

Die beiden Herren standen schon vor ihnen, man begrüßte sich, und sie nahmen Platz. Henning, der ältere liebte diese Art von Lokalen nicht, besonders in Damengesellschaft, er sah sich kühl und prüfend um und bestellte einen Whisky, wie jemand, der sich in Unvermeidliches ergibt. Außerdem war er müde. Schönlank dagegen – er war ein gut aussehender Mann mit beweglichen Allüren – zeigte sich aufgeräumt und schlug einen scherzenden Mitternachtston an. «Schöne Frau», sagte er zu Käthe und schlug ihr vor, eine Flasche Sekt mit ihm zu trinken. Sie ging darauf ein und überdachte rasch, was zu tun sei. Hedy und Georg tanzten in einiger Entfernung mit solcher Hingabe, dass sie nichts anderes mehr sahen und hörten ... Der Kommerzienrat saß mit dem Rücken gegen das Lokal. Wenn sie oder Erasmus aufstanden, drehte er sich vielleicht um, um ihnen nachzusehen. Sie flüsterte dem Ungarn, der sie mit Glutaugen betrachtete und die neuen Ankömmlinge misstrauisch musterte, einen Auftrag an Hedy zu. «Sie wollen mich nur lossein», flüsterte er zurück, «was sind das für neue Verehrer?»

«Nein, Sie dürfen gleich wiederkommen, und ich tanze mit Ihnen, soviel Sie wollen. Sagen Sie dem Mädchen nur, sie möchte heimgehen, durch die Hintertür, und nicht mehr hierherkommen.»

«Schönste Frau», sagte der Kommerzienrat, schenkte ihr ein und lachte schallend: «Sie haben ja den Teufel im Leibe. Wer hätte das gedacht, dass wir uns einmal zu solcher Stunde und an solchem Ort treffen würden? Ich habe ja diesen Winter schon allerhand von Ihrer Vergnügungssucht gehört, und es freut mich ungemein, Sie einmal in flagranti zu erwischen. Auf Ihr Wohl.» Käthe stieß lächelnd mit ihm an:

«Oh, da sind Sie auf falscher Fährte. Das hat gar nichts mit Vergnügungssucht zu tun. Ich verfolge ganz andere Zwecke.»

Der Ungar erhob sich, zögerte noch und warf flammende Blicke auf die Tischgesellschaft. Dann ging er langsam und verschwand im Hintergrund bei den tanzenden Paaren. Käthe folgte ihm mit den Augen und verwickelte Schönlank in eine muntere Neckerei, während Erasmus mit seinem Vater über die Abreise sprach und ungeduldig die Füße im Takt der Musik bewegte. Drüben trat Käthes Kavalier an das tanzende Pärchen heran.

«Kleine Katze», sagte er, «die gnädige Frau lässt Ihnen sagen, Sie möchten so rasch wie möglich verschwinden, durch die Hintertür, sich nicht mehr blicken lassen. Geschwind, kleine Katze.»

Sie blieben stehen, Georg ließ sie los und betrachtete den Sprecher. Was wünschte er? Er hatte nicht recht verstanden und meinte, es handle sich um eine Frechheit gegen Hedy. Nun stellte der andere sich vor und wiederholte seinen Auftrag. Hedy aber stürmte, ohne ein Wort zu sagen, und ohne zu überlegen auf den Tisch zu, wo die anderen saßen. Was sollte das heißen, was wollte man von ihr, und weshalb schickte man diesen Menschen, anstatt selbst mit ihr zu sprechen? Dann war ihr vorübergehend zumut wie in einem bösen Traum, Henning und Käthe sahen sie betroffen an, da saß ein älterer Herr mit strengem Gesicht, den sie nicht kannte, aber ihr fiel ein, dass es wohl Hennings Vater sein müsse, und noch einer, der laut lachte, sich nach ihr umwandte und den sie recht gut kannte.

«Ah, das ist ja eine reizende Überraschung», sagte Schönlank immer aufgeräumter, fasste ihre Hand und wollte sie heranziehen. Sie machte keinen Versuch, sich zu befreien, schlug ihn aber mit der freien Hand ganz mechanisch und zornig zweimal nacheinander ins Gesicht. Damit war das Traumgefühl zu Ende, sie begriff, dass sie eine ungeheure Dummheit gemacht hatte, und sah nun alles ganz deutlich vor sich, wie Henning aufsprang und zu ihr herüberkam und gleichzeitig Georg neben ihr stand, während Käthe sie sprachlos anstarrte und der alte Baron ungemein reserviert blieb. Der Kommerzienrat hatte eine Grimasse geschnitten, und seine Stimme klang nicht mehr so munter, als er sagte:

«Aber was fällt Ihnen denn ein, Fräulein Hedy? Es wird doch wohl Zeit, dass ich mal ein ernstes Wort mit Ihrem Papa rede, die Mama nimmt es anscheinend nicht ernst genug. Dann ist es aber aus mit Ihren Amüsements.»

«Ja, dann ist es aus», sagte sie verzweifelt und gedankenlos.

Keiner sagte ein Wort, nur der Kommerzienrat sprach weiter: «Aha, das ist also Georg.»

«Burmann ist mein Name», stellte Georg sich mit einer zornerfüllten Verbeugung vor und besann sich, was er jetzt tun sollte.

«Das ist also Georg ... sehr hübsch ... man geht zusammen ins Chambre séparée, man tanzt in der Bar.» Er lachte herzlich und verständnisvoll und betrachtete den Jungen von oben bis unten. «Georg Burmann», wiederholte er dann, «ja, ja, ich weiß schon ... einer der jungen Herren vom Selbstmordverein, einstweilen aber noch ganz lebenslustig. Oder sind Sie hier, um neue Anhänger zu werben?»

«Stimmt, Herr Kommerzienrat», sagte Georg mit Zorn sprühenden Augen, er fühlte sich in einer schwierigen Lage und fügte unbeholfen hinzu: «Ich bedaure nur, dass Sie nie mit Erfolg in unserem Verein tätig waren.»

«So? Was habe ich Ihnen denn getan, junger Mann?»

«Sie sind gemein», sagte Georg jetzt in sehr bestimmtem Ton.

«Jetzt aber ist Schluss», warf sich Erasmus plötzlich dazwischen und schob Hedy fort, der Garderobe zu. Dort wickelte er sie ohne Weiteres in ihren Mantel. Georg folgte ihnen.

«Bringen Sie das Kind jetzt gleich nach Hause, Georg. Ich werde schon mit dem Mann reden. Gott, was macht ihr denn für Sachen. War das notwendig?»

Das Mädchen war aufgeregt und zitterte am ganzen Körper, dazwischen aber sagte sie triumphierend: «Sehen Sie, jetzt habe ich ihm doch einmal die Krallen gezeigt.»

Erasmus nahm ihre Hände und steckte sie in den Muff: «Ach Hedy, hätten Sie es lieber nicht getan. Ihr rennt euch nur hinein, und was nützt es euch. Diese Leute sind einem über. Jetzt geht, und morgen kommt ihr zu Hans hinauf, da reden wir weiter.»

Georg drückte ihm die Hand und sprach nichts mehr. Dann begleitete er sie an die Hintertür, die auf eine Nebenstraße hinausging, und sah ihnen nach, wie sie eng aneinandergeschmiegt davongingen.

Am Tisch, wo die Gesellschaft saß, herrschte unterdessen eine peinliche Stimmung. Schönlank versuchte dem Baron den Vorfall zu erklären. Der hörte wortkarg zu und dachte: Das also war Hedy, was sind das alles für Geschichten. Unangenehm und ungehörig. Man hätte nicht in dies Lokal gehen sollen.

Der Ungar hatte sich wieder an den Nebentisch in Käthes Nähe gesetzt. Er fasste lebhafte Sympathie für Hedy und Georg, auf den Zusammenhang kam es ihm nicht an, er war nur neugierig, wer das Mädchen sei.

«Ich bitte Sie, ich bin mit der Familie befreundet», sagte Schönlank, «das kann man doch nicht einfach mit ansehen und als guter Onkel ein Auge zudrücken. Eine kleine Liebelei, schön, das gibt's immer zwischen Gymnasiasten und Mädchenschule, aber der Junge schleppt sie überall hin, wo junge Mädchen nicht hingehören. Er hat üble Anlagen, der Bengel ...», und er begann vom Selbstmordverein zu erzählen. Der Baron hörte zu ohne besonderes Interesse und nickte nur hier und da: ja, ja, gewiss.

Dann kam Erasmus zurück, und es wurde dadurch noch schwieriger, da er ja anscheinend freundschaftliche Beziehungen zu den jugendlichen Sündern hatte und sie unter seinen Schutz nahm. Schönlank brach mitten im Satz ab und sah ihn gespannt an. Er war sehr neugierig und hätte gerne alles Mögliche gewusst. Daneben fühlte er sehr wohl, dass der junge Baron ihm keine sympathischen Empfindungen entgegenbrachte, während er seinerseits sich schon seit längerer Zeit für ihn interessierte und ihn gerne in seinen Kreis gezogen hätte. Ein Baron, besonders wenn er ein schöner Mensch und etwas absonderlich war, nahm sich immer gut aus.

«Herr Kommerzienrat», sagte Erasmus und suchte seine Privatantipathie möglichst zu bezwingen, «ich bin dafür, dass wir dieses unfreundliche Intermezzo jetzt ruhen lassen. Nächster Tage komme ich einmal zu Ihnen, und dann sprechen wir darüber. Nur bitte ich Sie, bei den Eltern des jungen Mädchens bis dahin zu schweigen. Nichts für ungut, aber es kann Ihnen selbst doch nicht angenehm sein, einem Mädel gegenüber den Angeber zu spielen.» Ein degoutierter Zug legte sich um seinen Mund, und die Antipathie bekam wieder die Oberhand ...

«Ich werde mich sehr freuen, Sie bei mir zu sehen», erwiderte der andere mit einem Unterton von Gereiztheit. «Es ist auch sehr liebenswürdig von Ihnen, mir Fingerzeige für mein Verhalten zu geben. Ich fürchte aber, das werden Sie mir selbst überlassen müssen. Ungezogenen Schulkindern gehört Strafe, anders ist ihnen nicht beizukommen. Oder soll man ihre Unarten einfach über sich ergehen lassen? Ich bitte Sie, wir sitzen in einem öffentlichen Lokal. Der Vater der Kleinen ist mein Geschäftsfreund. Soll ich riskieren, dass ihm gelegentlich erzählt wird, ich habe mich hier von seiner

Tochter ohrfeigen lassen? Wie stehe ich dann da? Man könnte auf die seltsamsten Vermutungen kommen. Durch die Unverschämtheit dieser liebenswürdigen Jugend eventuell noch kompromittiert zu werden, kann ich mir wirklich nicht leisten. So leid es mir tut, sehe ich hier keinen anderen Weg, als die Eltern auf die Vergnügungen ihres Töchterchens aufmerksam zu machen, mit denen ich leider in Kollision geraten bin.»

Er hat von seinem Standpunkt aus natürlich recht, der Unglücksmensch, dachte Erasmus. Die Liebesgeschichte unserer Krabben ist natürlich eine ganz unerhörte und unmögliche Geschichte. Wir haben ja auch manchmal Moral gepredigt, aber es hat nichts genützt ...

Nun legte der Kommerzienrat ihm auch noch die Hand auf den Arm: «Lieber Baron, Sie denken doch nicht etwa, dass ich mich für diese hübsche kleine Ohrfeige rächen wollte. Darüber lacht man, und fertig. Aber dem Mädel gehört eine strengere Erziehung, wo soll das sonst noch hinaus. Jugend hat keine Tugend, weil sie die Tragweite der Dinge noch nicht begreift. Da sind wir Älteren dazu da, Unglück zu verhüten. Die Kleine ist nicht so harmlos, wie es aussieht. Ich könnte ihr Großvater sein, erlaube ich mir aber einmal eine kleine Freundlichkeit, so macht sie viel Wesens daraus ... ihre Fantasie ist eben schon auf Irrwegen.»

Henning senior wurde ungeduldig, er hatte genug davon, er war verstimmt und wollte schlafen.

«Sie haben Pech mit uns», sagte Käthe zu ihm, während die anderen noch sprachen und der Kellner zum Zahlen erschien. «Erst sind wir langweilig, wie heute im Theater, und dann gibt's noch unangenehme Zwischenfälle.»

«Ein bisschen Boheme, die ganze Geschichte, Frau Käthe», antwortete er, «und mir ist das ungewohnt und fremd. Ich fürchte manchmal, dass mein Sohn einige Anlage zum Bohemien hat, und das ist sicher kein Glück für ihn.»

Dann verließ man das Lokal und trennte sich.

Es war sehr spät gewesen, und als Erasmus am nächsten Morgen erwachte, fühlte er sich benommen im Kopf und hatte eine unklare Erinnerung, dass etwas Bedrückendes vorgefallen sei. Langsam stellte er die Ereignisse des Vorabends wieder zusammen, als Josias kam und ihm Hedys Besuch meldete.

«Du hast sie doch nicht weggeschickt?»

«Nein, Fräulein Hedy wartet beim Herrn Doktor, er ist heute Morgen zu Hause geblieben.»

Man wird also ernste Worte mit Hedy reden, überlegte er, und später mit dem Jungen. Mittags kommt der Papa, und ich muss ihm einen Kommentar geben, wenn es ihn heute noch interessiert, und dann schließlich noch wieder mit Käthe das Ganze bearbeiten. Ja, da wird immer viel gesprochen und zugeschaut, wie die Dinge sich entwickeln, aber es kommt nie dazu, dass man eingreifen und für sich oder die anderen handeln könnte. Liegt das nun an uns oder an den Umständen?

«Fräulein Hedy sitzt schon seit einer Stunde beim Herrn Doktor und hat geweint», berichtete Josias, «ich habe ihr dann Kaffee gebracht.»

«Ja, recht so, Josias, du bist alt und siehst das alles schon aus der Ferne an, aber wir haben immer Geschichten und Geschichten, und man kommt nicht zur Ruhe. Was würdest du nun machen, wenn das deine Kinder oder Enkel wären?»

Und er erzählte ihm mit kurzen Worten, was es gab.

Josias war es gewöhnt, dass man ihn öfters ins Vertrauen zog und, er sein Urteil abgeben sollte. Für ihn gab es hier einen Unterschied, den er streng gewahrt haben wollte. Das war die ältere Generation und die junge. Die ältere musste tadellos dastehen, da durfte nichts vorkommen, was irgendwie Ärgernis erregen konnte. Henning, der Vater zum Beispiel, hatte in seinen Augen den Nimbus der Unantastbarkeit verloren, seit er durch seine zweite Heirat den Niedergang der Familie heraufbeschworen. Jede Respektlosigkeit fiel seiner alten Dienerseele schwer, aber er begegnete ihm seither mit einer Zurückhaltung, die jener wiederum mit leutseliger Distanz zu ignorieren suchte.

Mit der Jugend war es etwas anderes, der Jugend gegenüber bewies Josias eine unendliche Toleranz. Sie war noch nicht verantwortlich und hatte nicht zu repräsentieren. Er musste wohl selbst einmal jung gewesen sein, oder er hatte zu viel mit angesehen, denn er begriff, dass es da nicht ohne Irrtümer und Verfehlungen abgehen konnte, einerlei, welchen Kreisen man angehörte. In diesem Sinne äußerte er sich nun auch über Georg und Hedy, die er als Schützlinge seines jungen Gebieters zärtlich liebte, den Kommerzienrat dagegen verurteilte er als alten Sünder, der nur seine Hände davon lassen sollte.

Hedy saß also bei Burmann und trank ihren Kaffee an dem Frühstückstisch, der noch auf Henning wartete, und erzählte, erzählte ohne Ende. Burmann war ungewöhnlich aufgeregt über das, was er zu hören bekam. In den Elternhäusern der beiden stand jedenfalls eine Katastrophe bevor, in die er, soweit es Georg betraf, mitverwickelt wurde.

«Der elende Mensch wird nicht den Mund halten, das ist ganz ausgeschlossen», erklärte Hedy in Bezug auf Schönlank. «Die Mutter würde ich vielleicht noch herumkriegen, sie ist ziemlich schwach mir gegenüber und hat nur Angst vor dem Gerede, aber der Vater» – sie schloss einen Moment die Augen wie vor einer zermalmenden Gefahr –, «nein, ich laufe fort, ich gehe nicht wieder nach Hause.»

«Das tun Sie nicht, Hedy, man wird Sie einfach wiederholen, und dann ist alles schlimmer als vorher. Was kann Ihnen denn schließlich passieren, man schickt Sie vielleicht ein Jahr in Pension, und nachher ist alles wieder in Ordnung. Es ist ja lächerlich, wenn man noch das ganze Leben vor sich hat.»

Sie wippte mit dem Stuhl und lächelte eigensinnig: «Das sagt ihr immer, das ganze Leben. Was nützt uns das? Man kann doch jung sterben. Wir wollen uns gerade jetzt nicht trennen.»

«Kinderei, Menschen, die wissen, dass sie wirklich zusammengehören, halten auch eine Trennung aus – erst recht.

Will man etwas vom Leben, so muss man auch seinen Beitrag zahlen. Das ist nun einmal so, und da gibt's auch für euch keine Ausnahme. Ruhig, Hedy, ich weiß schon, was Sie mir antworten wollen – dass wir ja mit im Komplott waren und euch gewähren ließen. Ja, du lieber Gott, was sollten wir denn tun? Ihr standet sozusagen unter unserem Schutz, und wir konnten das bis zu einem gewissen Grade verantworten. Dass ihr euch traft, zusammen spazieren gingt oder zu uns kamt, das alles mochte noch hingehen, auch wenn die Eltern davon erfuhren. Das haben alle getan, als sie in eurem Alter waren, und man hätte nicht viel Aufhebens davon gemacht. Aber ihr lasst jede Vorsicht außer Acht, ihr müsst in Séparées und Nachtlokale gehen, koste es, was es wolle, da können wir nicht mehr für euch einstehen, wenn ihr in der Klemme sitzt, können euch nicht mehr helfen, gar nichts. Im Gegenteil, wenn eure Eltern uns auf die Bude rücken, stehen wir in einem üblen Licht da, dass wir solchen Scherzen Vorschub geleistet haben.»

Während er noch sprach, war Erasmus hereingekommen, hatte Hedy stillschweigend die Hand gegeben und war dann ans Fenster getreten. Er hörte zu, was der Doktor sagte, und sah dabei nach den Spatzen, die draußen in den kahlen Baumzweigen hüpften.

«Ich muss auch leider zugeben, dass es ein großer Fehler war, eure Geschichte zu protegieren. Was wisst ihr denn von Liebe – das ist ja alles Kinderei und Vergnügungssucht.»

Blass und stumm saß sie da, lauschte fast mit Entsetzen auf die harten, unheilschweren Worte, die auf sie niederregneten. Es nahm gar kein Ende mehr, was sie alles getan und angerichtet hatte. Eine beklemmende Ratlosigkeit kam über sie, und sie blickte Hilfe suchend nach Henning, der ihr den Rücken zuwandte und an den Fensterscheiben trommelte. Ihn irritierten Burmanns Reden und das Gefühl, dass er wohl recht hatte und man hier gar nichts tun konnte.

Als er endlich an den Tisch kam und sich niedersetzte, begegnete er einem vorwurfsvollen und bittenden Blick. Hedy hatte auch heute ihre erwachsene Frisur, und ihm schien, es sei nicht mehr der Backfisch, den er brüderlich beschützte, sondern eine junge Dame, die einen Roman erlebte, für die man Schritte tun und die üblichen Ritterpflichten auf sich nehmen musste. Aber wie war das in diesem Fall möglich? Da hatten irgendwelche Eltern, fremde unbekannte Leute, zu bestimmen, und was sie bestimmten, geschah.

«Gib jetzt Ruhe», sagte er schließlich, möglichst heiter, um die lastende Stimmung zu bannen. «Wir wollen doch erst einmal abwarten, ob denn nun wirklich ein solches Erdbeben anheben wird, wie ihr zu erwarten scheint. Der unangenehme Kommerzienrat, von dem unser aller Wohl und Wehe abhängt, kann doch auch seinen Entschluss ändern und stillschweigen. Dann werden die beiden fortan vorsichtiger sein ... Du, Hans, kannst ganz außerhalb bleiben, den Verkehr hier im Hause und meinetwegen auch die Nachtexpedition schreiben wir auf mein Konto. Ich bin ja einstweilen an keine sozialen Rücksichten gebunden. Du hast gewiss recht in vielem, was du da sagst, aber es hat jetzt gar keinen Zweck, den begangenen Fehlern nachzugehen. Man begeht keine weiteren, macht wieder gut, was gutzumachen ist, und nimmt etwaige Unannehmlichkeiten auf sich. Letzteres bezieht sich auf Sie, Hedy. Selbst wenn das furchtbare Ereignis eintreten sollte, dass man Sie in eine Pension schickt ... wir halten ja doch zu Ihnen, man schreibt Ihnen, besucht Sie ...»

«Ja, ich ...», antwortete sie beklommen, «aber was wird mit Georg? Seine Eltern waren schon außer sich über die Vereinsgeschichte. Wenn es jetzt wieder etwas gibt, meint er, sie nehmen ihn einfach von der Schule und stecken ihn in ein Geschäft. Und er will doch studieren, große Reisen machen.»

«Mit Ihnen, nicht wahr? Nun, über diese Reisen wollen wir uns noch nicht weiter aufregen. Um Georg ist mir nicht bange, der lässt sich nicht so leicht einschüchtern.»

«Ihr kennt ihn ja gar nicht», sagte Hedy mit großer Überlegenheit. «Er spricht immer so bagatellmäßig, wenn ihr dabei seid. Mir hat er gesagt, eher würde er sich eine Kugel vor den Kopf schießen.»

Burmann wurde ärgerlich: «Ja, natürlich, siehe Selbstmordverein. So reden alle grünen Jungen, und mit all diesen Geschichten hat er zur Genüge bewiesen, dass er noch ein grüner Junge ist. Lassen Sie ihn nur am Nachmittag heraufkommen, ich möchte aber allein mit ihm sprechen, und seien Sie nur ganz ruhig, das sind Redensarten. Wer vorher damit droht, hat sich noch nie eine Kugel durch den Kopf geschossen. – Ich gehe jetzt – entschuldige mich bei deinem Vater, Henning, ich kann meine Leute nicht länger warten lassen, aber möglicherweise komme ich schon bald zurück. Und lass Hedy vorher fortgehen, er kann jeden Moment hier sein.» – «Gott, ist der heute schlechter Laune», sagte Hedy, als Burmann fort war, «dann muss ich also gleich gehen. Warten Sie einen Moment.»

Sie stürzte in den Korridor, wo sie ihre Sachen abgelegt hatte, und kam mit einem kleinen, in Seidenpapier gewickelten Paket wieder.

«Da ist Ihr Schuh», und sie stellte einen winzigen, schief getretenen Kinderschuh vor ihm hin. Er war mit Gold bronziert und wirkte dadurch etwas steif, beinah als ob er aus Gips wäre. Daran sei die Mama schuld, erklärte Hedy, die habe eben all die abgelegten Schuhchen bronzieren lassen. Sie hätte ihm lieber einen «wirklichen» gebracht, aber da sei keiner mehr zu finden. Henning betrachtete den vergoldeten, winzigen Schuh, der vor ihm auf dem weißen Tischtuch stand.

«Das schadet nichts, Hedy, Sie machen es vielleicht ebenso, wenn Sie einmal verheiratet sind. Er freut mich sehr, ich stelle ihn auf meinen Schreibtisch.»

«Ja, als Andenken.»

«Andenken, das brauchen wir einstweilen noch nicht. Sie sind ja noch hier ...»

«Den Kuss sollen Sie auch noch haben», sagte Hedy mit einem Lächeln und suchte sich zu beherrschen, denn ihre Nerven ließen nach, und sie war dem Weinen nahe. Henning zog sie an sich und legte den Arm um sie: «Ja, was ist denn, Kind. Mut, Mut, ich weiß schon, das Leben ist manchmal nicht schön, aber es wird dann schon wieder besser.»

Hedy aber warf sich förmlich in seine Arme und schluchzte verzweifelt. Er suchte sie zu beruhigen, wie man ein Kind tröstet, mit zärtlichen Worten, trocknete ihr immer wieder die Augen und beneidete sie im Stillen, dass sie noch so fassungslos weinen konnte, und worüber? Über einen Kommerzienrat, der sie bei ihren Eltern verklagen wollte. Daneben empfand er es wie eine Liebkosung, dass sie sich mit ihrem kindischen Leid an ihn schmiegte. Das war alles noch so unverbraucht und verschwenderisch, gab und nahm, was es grade brauchte oder übrig hatte, ohne darüber nachzudenken.

«So, jetzt hören wir aber auf, Hedy», sagte er dann sehr energisch, schob sie ein wenig zurück und nahm ihre beiden Hände. Er wollte nicht etwa noch selber gerührt werden und in keiner Weise aus der Rolle des älteren Freundes fallen.

«Ja, ich höre schon auf», wiederholte sie mit einer störrischen Kopfbewegung und biss sich auf die Lippen. Das Sprechen wurde ihr schwer, und die hellbraunen Augen waren stark verweint.

Draußen wurde geklingelt, und man hörte Josias zur Haustür gehen. Erasmus vermutete, dass es sein Vater sei, und das Mädchen wollte erschrocken zur anderen Tür hinaus.

«Lass gut sein, Kind, keine Eile, es ist wirklich ganz gleichgültig», dann zog er sie wieder an sich und küsste sie auf die Stirn und den Mund. Sie waren neben dem Fenster, als der alte Herr hereinkam. Er stand noch unter dem peinlichen Eindruck des vorigen Abends und war nicht eben freudig überrascht, dasselbe Mädchen, welches die Szene veranlasste, in anscheinend vertraulichem Zwiegespräch mit seinem Sohne schon wieder vorzufinden. Ihr verstörtes Aussehen aber rührte ihn, sie nahm sich in diesem niedergedrückten Zustand jedenfalls besser aus als gestern in ihrer zornigen

Frechheit, und er sagte sich, dass er ja nicht wissen könne, was sich hinter alledem abspielte.

Sie gab ihm verlegen die Hand, als Erasmus vorstellte, vermochte ihre Tränen aber immer noch nicht zu bezwingen und lief dann rasch aus dem Zimmer. Erasmus folgte und schien sie noch die Treppe hinunter zu begleiten. Es dauerte eine Weile, bis er wiederkam, und der Vater ging inzwischen zerstreut im Zimmer hin und her, blieb schließlich vor dem vergoldeten Kinderschuh stehen, nahm ihn in die Hand und betrachtete ihn eingehend.

«Armer Vater», sagte Erasmus noch in der Tür, «das fade Theaterstück von gestern hat sich gerächt. Du gerätst seitdem von einer dramatischen Szene in die andere. Ein Kommerzienrat wird geohrfeigt und sinnt auf Rache, ein weinendes Mädchen erscheint, und dein Sohn, der sonst zu nichts Besonderem gut ist, tröstet die jugendliche Sünderin. Denke nur nicht, dass es immer so bewegt bei uns hergeht.» Dann hielt er es für angemessen, einige Erläuterungen zu geben.

Der alte Baron folgte aufmerksam und wiegte den Kopf hin und her: «Schade um das Mädchen, man sollte sie eine Zeit lang fortschicken und dann verheiraten. Ich danke Gott, dass ich keine Töchter habe. Man soll streng mit den Mädels sein, unerbittlich streng, sonst hat man auf Schritt und Tritt die unmöglichsten Begebenheiten, und wenn sie hübsch und temperamentvoll sind wie diese Kleine, ist das nicht so leicht. – Und du bist nicht etwa nebenbei in sie verliebt?»

«Ach, Papa, etwas verliebt ist man in jedes weibliche Wesen, wenn es Charme hat. Aber Hedy beschütze ich nur wie ein älterer Herr, außerdem respektiere ich immer die Rechte der anderen, auch wenn es nur Gymnasiasten sind. Ausgenommen natürlich, wenn man eine Frau durchaus haben will. Die Rechte des verdammten Schweden sind mir zum Beispiel ganz gleichgültig.»

Der Vater überhörte diese Bemerkung, er wollte nun einmal von Lucy nichts wissen. Diese unsichtbare Schwiegertochter ärgerte ihn, und er hielt sie, falls sie wirklich existierte, für etwas ganz Bedenkliches. Statt dessen interessierte er sich für Georg, der hatte ihm gefallen, wie er gestern Abend so begossen und selbstbewusst Schönlank gegenüberstand. Zudem war er des Doktors Vetter, für den er eine starke Sympathie hegte. Ihm imponierte die zielbewusste Tüchtigkeit, die unbeirrt ihren Weg ging und die er ohne Weiteres für eine Burmannsche Familieneigenschaft hielt, ebenso wie er die gegenteilige Veranlagung als unabänderliche Henningsche Eigentümlichkeit erachtete.

Während dieses Thema noch behandelt wurde, kam der Doktor zurück und hatte wie schon manchmal sein ironisches Vergnügen daran, wenn der Baron Theorien aufstellte. Josias erschien, um den Tisch abzuräumen, sie gingen in Burmanns Arbeitszimmer hinüber, und er holte verschiedene Familienfotografien hervor, auch von Georg und seinen Eltern und Geschwistern. Es war tatsächlich auffallend, wie fast all diesen Gesichtern ein gewisser geschlossener klarer Ausdruck eigen war. «Nur gerade Georg ist anders», sagte Burmann. «Mag sein, dass ich ihn deshalb immer besonders gern hatte. Sehen Sie, rein äußerlich guter Durchschnitt, aber unter der Durchschnittsmaske hat er eine Anlage zum Fanatismus, was übrigens die Linien um den Mund auch erkennen lassen.»

«Hältst du das für ein Glück?», fragte Erasmus.

«Glück? Nein, aber Glück ist ja auch nicht unbedingt das Wünschenswerteste. Die Menschen mit bloßen Glücksanlagen haben es meist nicht einmal besonders gut auf der Welt.»

«Und die Fanatiker?»

«Du musst das nur richtig verstehen, nicht im übertriebenen Sinn. Ich sprach nur von einer Anlage und meine damit, dass jemand imstande ist, sich unbeirrt für eine Sache einzusetzen, eine Idee, ein Werk, ein Ziel, was weiß ich ... das ergibt sich natürlich erst im Lauf des Lebens.»

«Einstweilen für Hedy», sagte Erasmus.

«Nun ja, auch das ist ihm blutig ernst. Ich habe, wie du gehört hast, dem Mädel heute gründlich die Leviten gelesen und werde es mit Georg ebenso machen, aber eigentlich nur, weil ich es für richtiger halte, den überlegenen Älteren zu zeigen, anstatt sie, wie ihr, in Verständnis und Mitgefühl einzuwickeln. Selbstverständlich kann man nicht verlangen, dass er sich wie ein ausgereifter Mann benimmt. Aber sonst ... wir behandeln die Geschichte immer wie einen Babyroman, den wir komisch und liebenswürdig nehmen – im Grunde ist es doch wohl ein ganz ernstes Stück Leben, das wir da mit ansehen.»

Der alte Baron lauschte mit Interesse. Ihm war es etwas Ungewohntes, dass man allem so auf den Grund ging, aber vielleicht – meinte er – lernt man dann über manches anders denken, es war sonst nicht so einfach, mit der jüngsten Jugend Fühlung zu behalten, weil man sich zu leicht über ihre törichten Sprünge nur ärgert.

«Und diese Geschichte mit dem Verein, die Ihr Vetter da veranstaltet hat? Als man selbst noch in diesem Alter war ...» Das war bei ihm eine häufig wiederkehrende Betrachtung, bei der er sich dann in Gedanken verlor.

«Wer jemals wirklich jung war, hat sicher auch gelegentlich mit Selbstmordgedanken gespielt. Das braucht noch lange nicht pathologisch zu sein. In der ersten Jugend liegt das Leben am verlockendsten und auch am bedrohlichsten vor uns, und beides wirft leicht aus dem Gleichgewicht ... Man hat das wieder einmal viel zu wichtig behandelt ... der Junge, der sich tatsächlich umgebracht hat, hätte es auch ohne Verein getan. Und die anderen fühlen sich als interessante Verbrecher und fordern das Schicksal heraus. Sie machen den Schulweg nur noch zusammen, gehen mit ihren Mädchen spazieren ... ‹Jetzt fällt es uns erst recht nicht mehr ein, auf Musterknaben zu posieren›, sagte mir Georg. Ja, und wer weiß, Herr Baron, was Ihr Freund Schönlank da jetzt für einen neuen Stein in den Teich werfen wird.»

«Mein Freund!», erwiderte der Baron unwillig und spöttisch, «wollte ich mich seiner eigenen Redeweise bedienen, so dürfte man ihn höchstens als meinen Geschäftsfreund bezeichnen. Offen gesagt, ich neige allmählich immer mehr dazu, gegen ihn Partei zu nehmen.»

«So hast du doch etwas bei uns gelernt», meinte Erasmus, der auf einer Ecke des großen Tisches saß. Er war ungeduldig, wie immer, wenn ihm das Gespräch zu eingehend wurde. «Mir hat dein Geschäftsfreund von vornherein einen fatalen Eindruck gemacht, und jetzt hat er vollends verspielt. Ein Kommerzienrat auf Kriegsfuß mit der Schuljugend, das hat einen Beigeschmack von Lustspielfigur. Mach dir keine Hoffnung, dass ich eine von seinen Töchtern heirate, um mich zu rangieren.» Damit glitt er von der Tischecke herab und öffnete die Tür zum Esszimmer: «Josias, wo hast du den Schuh hingetan, der bei meinem Platz stand?»

«Ist das ein Schuh, Herr Baron?», fragte Josias zurück und machte irgendeine Bemerkung, über die Erasmus laut lachte.

«Gib her», sagte er dann, «ich will ihn auf meinen Schreibtisch stellen, und du wirst achtgeben, dass ihm nichts passiert.» Er ging in das andere Zimmer hinüber, und dann entfernten sich seine Schritte, während der Alte weiter mit Tellern und Besteck klapperte.

«Sie sehen, es sind unweigerlich die Gegensätze, die sich anziehen», meinte Burmann. «Ihnen gefällt das, was Sie meine Tatkraft nennen und was nichts weiter ist als meine Methode, mit dem Leben fertig zu werden. Ich wiederum habe die Vorliebe für meinen Vetter, weil ich ihn für fähig halte, Extravaganzen zu begehen, und für Ihren Sohn, weil er eigentlich ein sentimentaler Dekadent ist. Sehen Sie nur, was er wieder für Wesens mit dem Schuh des kleinen Mädchens treibt.»

Dann erschrak er selbst über das, was er gesagt hatte. Der Baron verzog eine Sekunde lang das Gesicht, wie jemand, der Zahnschmerzen hat, sie aber zu ignorieren wünscht.

«Das ist ein harter Ausdruck, lieber Doktor», sagte er langsam. «Ich fürchte ja, Sie haben recht, aber ich höre hier bei Ihnen so oft sagen, man müsse Menschen und Dinge so nehmen, wie sie einmal sind.»

Der Nachmittag und Abend verlief ziemlich farblos. Erasmus widmete sich fast ausschließlich seinem Vater, der nun sicher morgen abfahren wollte. Sie hatten einander nicht mehr viel zu sagen, das Geschäftliche war verhandelt worden, und das Persönliche blieb, wie es immer gewesen war. Beide fühlten, dass das Leben und seine Geschehnisse ihnen weder je eine wirkliche Entfremdung noch eine besonders tief gehende Annäherung bringen würden, und waren ganz zufrieden damit. Der Vater sprach wohl den Wunsch aus, Erasmus möchte einmal wieder nach Hause kommen, sei es zu einem kurzen Besuch oder einem längeren Aufenthalt. Er deutete auch an, dass er dort jederzeit eine bleibende Stätte finden könne, falls er sich mit Beruf und Karriere nicht abfinden würde. Es war da ein entlegenes, unbewohntes Jagdhaus, das als Knabe sein Traum gewesen und wo er ganz als sein eigener Herr residieren konnte. Erasmus quittierte das alles mit dankendem Lächeln, versprach zu kommen, und wer weiß, vielleicht hielt er auch einmal als schiffbrüchiger Bankjurist seinen Einzug in das Jagdhaus und spielte dort den gefährlichen Einsiedler für die Damen der Umgegend. «Oder wenn ich doch noch die Käthe heirate», fügte er scherzend hinzu. So redeten sie beide voll freundlichem Entgegenkommen und wussten sehr gut, dass von alledem nichts geschehen würde. Der Sohn würde nach wie vor den Besuch zu Hause umgehen, und wenn ihm nichts anderes glückte, doch schwerlich auf seine Kinderträume von einem Häuschen im Walde zurückkommen. Was noch kommen mochte, wusste man ja niemals, aber dass dieses oder jenes bestimmt nicht eintreten würde, konnte man schon jetzt mit Bestimmtheit wissen.

Es waren noch einige geschäftliche Gänge zu machen, Besorgungen und Abschiedsbesuche. Auch bei Käthe gab es eine letzte Teestunde zwischen Nachmittag und Abend, an der Erasmus sich nicht beteiligte. Sie sah den liebenswürdigen alten Herrn ungern scheiden, der ihr halb väterlich die Cour gemacht und sie abwechselnd an ihren eigenen Vater und an ihren sehr viel älteren Mann erinnerte. Er wiederum bewunderte sie, und es war ihm lieb zu wissen, dass sein

Sohn eine solche Frau wenigstens zur Freundin hatte. Kurz, es bestand eine Brücke zwischen ihnen, auf der herzliche und sympathische Gefühle hinüber- und herüberwanderten.

«Sie müssen wiederkommen, Baron», sagte sie zum Abschied, «und womöglich zu einem festlichen Anlass, entweder wenn wir Lucy entdeckt haben und sie sich vielleicht doch zur Schwiegertochter eignet oder wenn es unseren vereinten Bemühungen noch gelingt, Ihren Sohn zum erfolgreichen Streber zu machen. Ich fahre derweil fort, meine beiden Junggesellen zu behüten, die ja leider ihre wärmeren Gefühle immer für andere Frauen reservieren. Es ist fast, als hätte ich zwei Ehemänner, die mich fortgesetzt betrügen.»

«Ein unverzeihlicher Irrtum, Frau Käthe, den ich nie begangen hätte, wäre ich Ihnen früher begegnet», sagte er galant und küsste ihr in der Korridortür die Hand. Erasmus trieb sich indessen in den Straßen herum und beschloss, sobald er wieder allein sei, sich mit verbissener Energie der Neuregulierung seines Lebens zu widmen. Geredet hatte man jetzt genug davon.

So ging der Tag zu Ende, wie manchmal letzte Tage eines längeren Beisammenseins in einer gewissen Stumpfheit ausklingen, wenn alles schon gesagt und gefühlt worden ist, worauf es ankam.

Der nächste aber begann damit, dass schon in aller Frühe die Mutter Georgs antelefonierte und sofort den Doktor zu sprechen verlangte. Er lag noch im Bett und beauftragte Josias, zu fragen, ob jemand krank sei. Gleich nach zehn Uhr könne er hinauskommen. Sein Onkel, der Architekt Burmann, wohnte weit draußen in einem Vorort. Merkwürdig, dachte er dann, ärgerlich über die frühe Störung, sie haben doch ihren Hausarzt und pflegen mich sonst nicht zu beehren.

Josias kam zurück: «Nein, Herr Doktor, niemand ist krank, aber ob wir nicht wüssten, wo der junge Herr Georg sei. Er ist seit vorgestern Abend nicht heimgekommen, sagte die gnädige Frau, und sie meinte, er wäre vielleicht hier bei uns.»

«Josias», sagte Burmann in plötzlichem Erschrecken und fuhr in die Höhe.

Der Alte sah ihn fragend an, mit dem Denken ging es bei ihm nicht so schnell.

«War Georg gestern hier?», fragte Burmann und besann sich. Ja, richtig, er hatte kommen sollen, aber man war nicht zu Hause gewesen und hatte hinterlassen, er möge im Hotel anrufen, wo sie den Abend verbrachten.

«Nein, Herr Doktor, niemand von den jungen Herrschaften ist da gewesen.»

Josias blieb unschlüssig stehen, während der Doktor sich rasch ankleidete; noch ehe er fertig war, wurde wieder angerufen, und diesmal ging er selbst hinaus.

Georgs Mutter schien sehr beunruhigt. Wo könne der Junge stecken, hatte ihn gestern niemand gesehen? Bis jetzt hatte es sich durch kleine Zufälle und Listen glücklich so gefügt, dass ihr Mann sein Fernbleiben nicht bemerkte, aber wenn er auch heute nicht wieder erschien, war das nicht länger aufrechtzuerhalten. «Was macht er nur, wo treibt er sich herum?», sagte sie, und Burmann gingen die verschiedensten Gedanken durch den Kopf, während er wiederholte, dass er nichts wisse. Er hatte diese Tante sehr gern, sie war eine ruhige, üppige Frau mit schöner, klangvoller Stimme, die jetzt am Telefon, vielleicht auch infolge der Angst, merkwürdig verändert und fremd klang. «In Gottes Namen soll er treiben, was er mag, nur will ich keine Angst um ihn haben. Du weißt ja doch sicher etwas, Hans, und sollst es mir nur nicht sagen. Aber du musst mir helfen.»

«Ich habe keine Ahnung», antwortete er, «er wollte gestern zu mir kommen, hat sich aber nicht sehen lassen.»

«So rate mir doch wenigstens, was ich tun soll ... in der Schule anfragen ... ich fürchte, wenn er nicht da war, erregt es erst recht Aufsehen», sie machte eine Pause, schien mit jemand zu sprechen. «Hörst du, Hans? Mein Mann kommt zu Tisch nicht nach Hause, so gewinnen wir Zeit. Aber bis Abend muss der Junge da sein. Geh du doch zur Schule, frage seine Kameraden, unauffällig. Was meinst du, vielleicht steckt eine Weibergeschichte dahinter, mir wurde schon mehrmals erzählt, dass er mit einem Mädchen gesehen wurde.»

«Das ist wohl möglich», antwortete Burmann mechanisch, «das kommt ja vor, mein Gott.»

«Es ist auch ganz gleichgültig, hörst du, er braucht deswegen keine Angst zu haben. Schaffe ihn mir nur wieder her, ehe dein Onkel etwas merkt.»

Er versprach, sein möglichstes zu tun. Ja gewiss, er konnte mittags, wenn die Schule aus war, die Kameraden fragen. Sie sollte nur versuchen, sich nicht so aufzuregen und den Onkel hinzuhalten, etwa sagen, der Junge hätte mit ihm, Hans Burmann, einen Ausflug gemacht, etwas unwahrscheinlich um diese Jahreszeit, aber er hatte ja manchmal Patienten außerhalb der Stadt.

Darauf ging er zu Henning hinein, dem Josias inzwischen berichtet hatte, fand ihn vollständig wach mit aufgestützten Ellenbogen, und er sah wieder aus wie ein müder Stierkämpfer. Burmann setzte sich auf den Bettrand: «Was sagst du dazu? Was haben die zwei nur wieder angestellt? Das ist ein schöner Erfolg meiner gestrigen Moralrede.»

«An die dachte ich gerade auch. Hat nicht Hedy gesagt, sie wolle überhaupt nicht wieder nach Hause?»

Burmann sah angestrengt vor sich hin und rekapitulierte das gestrige Gespräch.

«Allerdings, ja, das hat sie gesagt, aber wie man so etwas hinredet, ohne festen Plan. Es ist doch kaum anzunehmen, dass sie allen Ernstes miteinander durchgebrannt sind ... wohin? Und mit was? ... Für so kopflos halte ich Georg denn doch nicht.»

«Aber Hedy, und bei solchen Anlässen gibt die Ansicht der Dame meistens den Ausschlag. Welcher Mann würde je durchbrennen, wenn ‹sie› es nicht wollte.»

«Was hast du denn nachher noch mit ihr gesprochen?»

«Nichts. Sie hat nur geweint, und ich habe sie getröstet, bis dann der Papa kam.»

Henning richtete sich auf und wurde sehr unruhig. Die ganze Szene stand wieder deutlich vor ihm, und ihm schien, als sei er gestern in unbegreiflicher Unachtsamkeit an etwas vorbeigegangen, was ihm jetzt erst in der richtigen Beleuchtung erschien. Hedy hatte geweint wie eine völlig Verzweifelte und hatte sich überhaupt benommen wie jemand, der Abschied nimmt.

Er sagte jedoch nichts weiter darüber, sondern stand nun ebenfalls auf und machte eilig Toilette. Die elektrischen Lampen brannten noch, während es draußen längst hell geworden war. Henning warf ungeduldig alles durcheinander, was ihm in die Hände kam, und blieb dazwischen unentschlossen stehen, um einer Vermutung nachzugehen oder zu hören, was Burmann sagte. Es war eine Stimmung wie inmitten eines Aufbruches, einer plötzlichen Veränderung des Bisherigen in einem Milieu, wo man nicht an unerwartete Ereignisse gewöhnt ist.

Dann gingen sie zusammen hinunter, und Josias brachte das Frühstück. Wie er gestern Hedy mit einem guten Kaffee trösten wollte, so suchte er jetzt auf die beiden Freunde durch besonders liebevolle Bedienung beruhigend einzuwirken. Er schenkte ihnen ein, was sonst jedem selbst überlassen blieb, reichte ihnen zu, was sie brauchten, und blieb dann abwartend im Hintergrund stehen. Man ließ ihn gewähren, er gehörte ja mit dazu und war von großer Besorgnis erfüllt.

Henning meinte, man müsse vor allem zu erfahren suchen, ob auch Hedy nicht heimgekommen sei ... Sie besuchte die Selekta einer Mädchenschule, und die Schule lag in der Nähe jenes Postamts, wo er sie damals mit Georg getroffen hatte. Das ließ sich leicht erfahren, er selbst wollte um die Mittagszeit hingehen und, falls Hedy nicht sichtbar würde, eines der anderen Mädchen fragen.

«Gut», sagte Burmann, «und ich patrouilliere um die gleiche Zeit vor dem Gymnasium – dann treffen wir uns. Natürlich frage ich vorher noch einmal an, ob Georg inzwischen nach Hause gekommen ist. Vielleicht löst sich der ganze Schrecken in eine neuerliche, noch etwas gewagtere Eskapade der beiden auf. Es wird nun aber doch allmählich zu arg, und das sollen sie mir entgelten. Man hätte wohl Besseres zu tun, als sich um die zwei zu ängstigen und Detektiv vor den verschiedenen Kinderschulen zu spielen... Übrigens, ich gestehe, dass ich vorhin gründlich erschrocken war, aber jetzt bei Tageslicht kommt es mir übertrieben vor, sich so verhängnisvoll zu gebärden, weil ein dummer Junge eine Nacht nicht nach Hause kommt. Vielleicht haben sie nur wieder gebummelt, und er ist bei einem seiner Bekannten geblieben.»

«Gut, versuchen wir es wieder mit Optimismus», sagte Henning. «Dein Kaffee, Alter, hat Wunder getan an uns ... bei Hedy wollte er gestern nicht viel anschlagen ... Und du übernimmst den Telefondienst, während wir weg sind. Ist etwas zu melden, so sage es mir zwischen eins und drei Uhr ins Hotel. Dann bringe ich meinen Vater an die Bahn und komme selbst wieder her.»

Burmann machte sich auf, um einen Kollegen zu bitten, er möge ihn heute Nachmittag vertreten, und Erasmus ging gleich in die Stadt. Vielleicht gab es der Zufall, dass er den beiden Sündern begegnete. Er ging einige Male durch die Hauptstraßen und dann in eine Konditorei, wo er wusste, dass sie häufig verkehrten. Dort fragte er ganz beiläufig, ob sie gestern hier gewesen seien. «Nein, vorgestern war die junge Dame da und holte ein Paket ab, was sie hiergelassen, seitdem nicht mehr.» Henning saß am Fenster und sah über seine Zeitung hinweg hinaus, viele Unbekannte und hin und wieder auch Bekannte kamen vorüber mit flüchtigem Seitenblick, wie man im Gehen die Fenster von Läden und Lokalen streift. Das bedienende Mädchen ordnete etwas am Nebentisch und sagte zu ihm hinüber: «Die Herrschaften kommen immer nur nachmittags.» Henning gefiel ihr, und es erweckte ihr Interesse, dass er so teilnahmslos vor sich hinsah, sie hätte gern ein Gespräch mit ihm angefangen, aber er hatte keine Lust.

Der Vormittag nahm kein Ende, endlich war es halb zwölf, er erkundigte sich nach der Mädchenschule und schlenderte dort auf und ab, bis es Mittag schlug. Bald nachher kamen Scharen von Kindern und halbwüchsigen Mädchen aus dem Gebäude, die größeren folgten etwas später, gingen langsamer und meist zu zweien oder dreien. Auch Lehrer und Lehrerinnen kamen vorbei und sahen ihn misstrauisch oder neugierig an. Er war auf dem Trottoir stehen geblieben und musterte die einzelnen Gruppen. Hedy war nicht darunter, aber er glaubte das Mädchen zu erkennen, das sie damals begleitet hatte und dann fortlief, als er und Georg kamen. Auf alle Fälle, ob sie es nun war oder nicht, warf er ihr einen vielsagenden Blick zu und winkte mit den Augen. Sie stutzte, ihre Gefährtinnen lachten und machten Bemerkungen. Dann machte sie sich von ihnen los und schlug die entgegengesetzte Richtung ein. Henning folgte ihr ohne Weiteres, sie wandte sich auch halb um und erwartete wahrscheinlich ein Abenteuer ... Nun zog er den Hut und sprach sie an. Es war ein schlankes Mädchen mit einer dicken Franse über der Stirn und lustigen Augen. Die lustigen Augen wurden zwar einen Moment beleidigt, als sie begriff, dass es sich gar nicht um sie handelte, aber das ging rasch vorüber. Es bedeutete immerhin ein Erlebnis, dass ein schöner, eleganter Mann hierher kam, um über wichtige Dinge mit ihr zu sprechen. Ja, sie war Hedys Freundin und in deren Liebeshandel eingeweiht. Bei ihr wurde Hedy eingeladen, wenn es sich um einen Vorwand zum Fortbleiben handelte. Aber gestern und heute war sie nicht in die Schule gekommen, vielleicht war sie krank.

Die Freundin erbot sich, gleich nach Tisch hinzugehen und sich zu erkundigen.

«Ja, tun Sie das», sagte Henning und sah auf die schmale Gestalt, die mit der Schulmappe neben ihm hertrabte. Nun erzählte er ihr, dass auch Georg verschwunden wäre.

«Dann sind sie sicher zusammen durchgebrannt», rief das Mädchen erregt. «Hedy wollte doch immer zum Theater gehen.»

«Ja, liebes Kind», sagte er sehr überlegen, «das ist ja ein ungeheurer Unsinn. Aber ihr seid alle gleich, ihr stellt euch das vor wie in einem Roman: Ach, wie spannend! Man brennt durch, man geht zum Theater, und alles ist auf das Angenehmste erledigt, man kann das Buch zuklappen. In Wirklichkeit aber gerät man in eine Sackgasse von Unmöglichkeiten.»

«Ich weiß», meinte das Mädchen kleinlaut, «solange man nicht mündig ist ...»

«Es kann eine schöne Geschichte werden», fuhr Henning ingrimmig fort. «Ein Aufruhr unter allen Eltern und Verwandten und was weiß ich ... Die beiden Missetäter wird man bald gefunden haben und ihnen kein angenehmes Dasein bereiten. Hüten Sie sich nur davor, kleines Fräulein, auf ähnliche Dummheiten zu verfallen ... und jetzt gehen Sie heim, später sprechen Sie bei Hedys Eltern vor und bringen mir Nachricht ... Ja wohin? ...» Er überlegte und verabredete dann, dass er sie nachmittags in jener Konditorei treffen wollte. Der Backfisch gab ihm die Hand, schaute ihn an und verschwand, erfüllt von der Wichtigkeit seiner Mission.

Henning sah ihr nach.

Das ging nun wahrscheinlich den ganzen Tag so fort, dass man sich traf, suchte, auf Nachrichten wartete. Die Spannung des Morgens hatte schon nachgelassen, man wurde nervös und unlustig, fühlte sich versucht, die Dinge einfach ihren Weg gehen zu lassen und sich ins Alltägliche zurückzuziehen, zum Beispiel Käthe aufzusuchen und ein belangloses Gespräch mit ihr zu führen.

Es war halb eins, und er musste sich eilen, um Burmann nicht zu verfehlen, der ihn schon an der vereinbarten Stelle erwartete und sich in ähnlicher Stimmung zu befinden schien. «Man kommt sich ja einfach dumm vor», sagte er, «läuft da herum wie ein Narr, ängstigt sich, blamiert sich, und die beiden sitzen derweil irgendwo im Versteck und amüsieren sich königlich ... Also Hedy ist auch verschwunden, Georg nicht wiedergekommen. Seine Mutter ist außer sich und meint nun, es sei ihm etwas zugestoßen. Es nützt ja nichts, dass ich hingehe und sie zu trösten versuche. Irgendwie und -wann wird sich ja der Sachverhalt herausstellen, und die hoffnungsvollen Sprösslinge werden auslöffeln müssen, was sie sich eingebrockt haben ... Ich glaube, es ist am gescheitesten, wenn wir jetzt einfach die Finger davon lassen.»

«Wen hast du denn dort gesprochen – seine Freunde?»

«Ja, die Jünglinge vom Selbstmordverein. Sie waren feierlich und verschlossen. Gesehen hätten sie ihn nicht und wüssten nicht, was er vorhabe. Als ich mit ihnen sprach, kam der Klassenlehrer vorbei, besah sich die Jungen voller Argwohn und fragte, was ich wünsche. Oh, nichts Besonderes, ich kam zufällig in die Gegend und wollte meinen Vetter, Georg Burmann, abholen. – Der fehle seit zwei Tagen, er wolle sich heute erkundigen lassen, ob er krank sei. Darauf warfen sich die jungen Verschwörerblicke zu, etwa so: Wir halten zusammen und verraten nichts. – Sie wissen sicher ganz genau Bescheid.»

«Und jetzt?»

«Jetzt kümmern wir uns vorläufig nicht weiter darum und lassen die leidige Affäre auf sich beruhen. Nach Tisch werde ich dann noch einmal mit Georgs Mutter sprechen.»

Der Vater ging vor dem Hotel auf und ab, als sie ankamen, und wärmte sich an der mittäglichen Märzsonne. Er bedauerte, dass er nicht noch länger bleiben könne, und betrachtete das Straßenbild, das gerade hier in der Nähe des Bahnhofs sehr belebt war, mit etwas leerem, gespanntem Blick, wie man Dinge ansieht, die einen im Grunde nichts mehr angehen.

«Ich glaube, am schwersten fällt dir der Abschied vom Stadtleben», sagte Erasmus, «hoffe aber, dass dir auch unsere Gesellschaft fehlen wird, wenn du wieder nur deine Gutsnachbarn um dich hast und die unvermeidlichen Gespräche über Pferdehandel und Ernteaussichten.»

Der alte Herr war heute ziemlich abwesend, als sei schon ein Teil seines Wesens auf der Reise. Die Worte seines Sohnes erwiderte er mit einem konventionellen Lächeln, von dem auch der Doktor seinen Teil bekam.

«Gewiss ja, ich werde eure angenehme Gesellschaft sehr entbehren. Im Übrigen magst du recht haben: Mir ist das Landleben, oder sagen wir lieber das Leben auf meinem Gut, eine liebe und vertraute Gewohnheit, aber im Grunde bleibt man doch immer Stadtmensch. Wenn ich nicht so gebunden wäre ...»

«Das ist deine eigene Schuld ... wärst du Junggeselle geblieben, so könnten wir uns hier ein gemütliches Leben zusammen machen ... Nun gehst du wieder fort, und wer weiß, wann und unter was für Umständen man sich wiedersieht.»

«Bitte, nur keine graue Abschiedsstimmung», warf Burmann dazwischen, während sie die Stufen zum Hotel emporstiegen. «Zu einem guten Abschied gehört, dass man das Vergangene wie das Kommende mit Wohlwollen ins Auge fasst.»

«Aber der Papa ist heute düster gestimmt, ich übrigens auch», sagte Erasmus. «Um dem abzuhelfen, wird man jetzt sehr gut essen, einige Flaschen trinken und dann ...»

«Dann kehrt der gestürzte Minister in sein Exil zurück», bemerkte der Vater trocken, als sie an dem großen Spiegel in der Halle vorbeikamen und er sich des ersten Abends erinnerte. Sodann richtete er sich straff empor und sah so unerreichbar vornehm aus, als ob er noch um Königreiche zu würfeln habe. Diese Haltung behielt er halb ironisch bei, zeigte sich während der Mahlzeit, die als stilgemäßes Junggesellen-Diner begangen und endlos ausgedehnt wurde, von seiner bestechendsten Seite, erzählte Anekdoten von seinem betrügerischen Inspektor und von seinen Gutsnachbarn, die er freundlich verachtete, und spöttelte über das schlimme Geschick, das über dem Hause Henning waltete. Er behandelte dieses Geschick gewissermaßen, als sei es seine Tischdame, mit der er eine sarkastische Konversation zu führen habe. So kam der leichte, gleichgültige Ton, den alle wünschten, anscheinend mühelos zustande, und es waren vielleicht die heitersten Stunden, die man zusammen verlebt hatte.

Die Flaschen wurden leer, der unruhige, bedrückende Morgen verschwand wie hinter einem Schleier. Man dachte kaum mehr daran, bis gelegentlich der Hotelbesitzer durch den Saal ging, an dem Tisch stehen blieb und den scheidenden Gast in ein längeres Gespräch verwickelte. Er begann mit einigen Worten des Bedauerns, dass der Herr Baron wieder abreisen wolle, hoffte, er sei mit seinem Aufenthalt hier im Hause zufrieden und würde dasselbe bei nächster Gelegenheit wieder beehren, machte dann einige allgemeine Bemerkungen über Tagesereignisse und erzählte schließlich, dass sich eben jetzt die Nachricht von einem sensationellen Selbstmord verbreitet habe – ein blutjunges Liebespaar, beide aus bester Familie, hatte sich in den Anlagen außerhalb des westlichen Stadtviertels zusammen erschossen... Es hieß, man habe sie trennen wollen... es hieß, das Mädchen sei von seinen Eltern verstoßen worden, es hieß... Der Mann stand da mit seiner behäbigen Gestalt und seiner lässigen Kellnergrazie und sprach mit häufigem Achselzucken und nicht ohne Bewegung über die verschiedenen Gerüchte, die wie immer bei derartigen Ereignissen die Gemüter erhitzen. Dann kam er wieder auf den Fremdenverkehr und sein Hotel zurück.

Die beiden Freunde waren ihm dankbar für seine Gesprächigkeit, die sich vor allem an den alten Baron wandte und von diesem wortkarg und gelangweilt erduldet wurde. Sie beherrschten sich, wechselten nur ein paar leise Worte miteinander und versuchten noch einmal, die endgültigen Befürchtungen abzuwehren, die sich ihnen jetzt wieder aufdrängten. Es war ja noch nicht gesagt, dass es jene beiden waren, es war nicht einmal sehr wahrscheinlich. Ebenso gut konnte es sich um das gemeinsame Ende irgendwelcher fremder und gleichgültiger Menschen handeln.

Endlich ging der Wirt, und Burmann verabschiedete sich unter dem Vorwand eines ärztlichen Besuches, um gleich nach der Polizei zu fahren und sich über den Fall zu erkundigen.

Erasmus überwachte indessen die Abreise seines Vaters, es schien ihm jetzt, dass dieser gerade im rechten Moment abfuhr, und er fürchtete beinah, er möchte den Zug versäumen. Er ging mit ihm in das Zimmer hinauf, und während der alte Herr langsam und exakt die letzten Vorbereitungen traf, erwähnte er in kurzen Worten das Verschwinden der beiden und dass man nicht ohne Sorge um sie sei. Der Vater hörte nur halb hin, fand es bedauerlich und aufregend, war aber mit seinen Gedanken bei Kofferschlüsseln und ähnlichen Dingen und drängte zur Eile. Als alles erledigt war, blieb ihnen am Bahnhof noch eine halbe Stunde. Das Restaurant war überfüllt und ungemütlich, deshalb blieben sie auf dem Perron und gingen langsam auf und ab. Als die Reisenden allmählich anfingen einzusteigen, kam Burmann durch das Gedränge auf sie zu. Sein Ausdruck war verschlossen und hart, er ging wie jemand, der große Eile hat.

«Beinah zu viel Liebenswürdigkeit, Herr Doktor», sagte Henning senior, hielt dann plötzlich inne und sah ihn erstaunt an. Alle drei standen einen Moment schweigend und wie verlegen da.

«Was ist denn?», fragte der Baron, «ist etwas Schlimmes passiert?»

«Ja», antwortete Burmann, wie wenn er als Arzt über einen ernsten Fall zu berichten hätte. «Man hat uns vorhin im Hotel von einem Liebesdrama erzählt ... Sie haben vielleicht nicht so darauf geachtet, Herr Baron. Uns beide dagegen hat es gleich beunruhigt, da mein Vetter und das junge Mädchen seit gestern vermisst wurden. Ich war jetzt auf der Polizei, dann in der Leichenhalle – es stimmt alles, sie sind tot, die beiden ... Sinnlos ist die ganze Geschichte», fügte er hinzu, nur um weiterzusprechen, da niemand etwas sagte, «so unnötig. Warum gleich sterben? Aber da ist jetzt nichts mehr zu machen, sie sind tot.»

Erasmus sprach keine Silbe und schien weder erregt noch erschrocken. Ihm war, als hätte er es die ganze Zeit schon gewusst und es sei ihm jetzt nur offiziell bestätigt worden. Er sah geradeaus auf die große Bahnhofsuhr – fünf Uhr zehn ... gestern um diese Zeit lebten sie wohl noch, dachte er ... wo mögen sie gewesen sein ... was sprachen sie miteinander? Und wie stellten sie sich die Sache vor? ... Und wir machten Abschiedsbesuche ... vielleicht hätte man es noch verhindern können, oder auch nicht.

Der Vater dagegen, den es doch am wenigsten anging, war sichtlich schwer erschüttert. «Mein Gott», sagte er einmal über das andere, und seine Lippen zuckten, als hätte ihn selbst etwas Schweres betroffen.

Dann suchte er nach passenden Worten, die der Situation entsprachen. Den ganzen Zug entlang stiegen immer hastiger die Leute ein, hier und dort wurden schon die Türen zugeschlagen.

«Es ist Zeit, Papa», sagte Erasmus, «grüße zu Hause und schreibe mir bald.» Es fiel ihm auf, dass der Vater blass geworden war und ihm mit einer wunderlichen Besorgnis in die Augen sah, als wollte er sich nach seiner inneren Verfassung erkundigen ... Aber als er dann eingestiegen war und am Coupéfenster erschien, hatte er seine Haltung schon wieder korrigiert, nur das Lächeln ließ er fort, weil es jetzt nicht am Platz war. Dann fuhr er in den Abend hinaus, und man sah ihm nach, worauf die beiden anderen den Heimweg antraten.

Die Straßen waren hell erleuchtet und der Himmel voll schwarzer Frühlingswolken. «Erzähl mir nichts», sagte Erasmus hastig, aber nach einer Weile begann er dennoch ausführlich nach allen Einzelheiten zu fragen, als sei das Sensationelle daran noch das Einzige, was es etwas erträglicher machte. Viele Einzelheiten gab es übrigens nicht zu berichten. Geschehen war es mutmaßlich heute Morgen in aller Frühe oder noch in der Nacht. Ein Parkwächter hatte sie in den Vormittagsstunden gefunden, und da Georg eine Brieftasche mit Visitenkarten bei sich trug, war seine Persönlichkeit ohne Weiteres festgestellt worden. Wer das Mädchen war, wusste man nicht, Burmann hatte ihre Personalien angegeben. Nun würde er gleich zu Georgs Eltern gehen müssen ... Er sprach rasch und einsilbig und hielt es wohl für besser, das Gefühlsmäßige einstweilen auszuschalten und sich um so intensiver dem geschäftlichen Teil der Sache zu widmen.

Henning empfand eine Art von Eifersucht, Burmann war doch wenigstens irgendwie beteiligt, er selbst stand wie ein müßiger Zuschauer mit den Händen in der Tasche, und was er fühlte, kam für niemand in Betracht. Er wollte den Abend nicht allein verbringen und beschloss, Käthe aufzusuchen.

«Tu das», sagte Burmann, «besser, sie erfährt es jetzt durch dich als morgen durch die Zeitung oder durch gleichgültige Leute. Sie ist sehr sensibel.»

«O nein, ich möchte gerade mit ihr zusammen sein, als ob nichts geschehen wäre.»

Sie trennten sich. Erasmus ging zu Käthe, und sie freute sich über den unerwarteten Abendbesuch. Es traf sich, dass sie wegen Kopfschmerzen eine Einladung abgesagt hatte und nun gezwungen war, zu Hause zu bleiben. Sie ließ ein kleines Souper herrichten, nachher lag sie noch etwas matt auf der breiten Chaiselongue, zwischen einem Wald von weichen seidenen Kissen, und ließ sich von Henning bedienen und unterhalten.

Er tat sein Bestes, war sehr gesprächig, und Käthe erklärte sich zufrieden. «Ein so guter Causeur wie Ihr Papa sind Sie noch nicht», meinte sie, «aber Sie machen doch Fortschritte ... Was werden wir denn nun machen, wo er wieder fort ist? Wollen wir wirklich wieder nach Lucy suchen?»

«Ich glaube nicht. Wir haben sie mit unserem Suchen nur verjagt. Es nützt nichts mehr.»

«Und wieder abends in den Bars tanzen», sagte Käthe nachdenklich, «aber hoffentlich ohne diesen peinlichen Kommerzienrat. Apropos, was ist denn daraus geworden?»

«Ich weiß nicht», sagte Erasmus rasch, «man wird es schon erfahren.»

«Haben Sie die Kinder seitdem nicht mehr gesehen?»

«Nein, seitdem nicht mehr, ich war gestern und heute immer mit dem Papa zusammen.»

«Wenn der Schönlank mir nicht so unendlich widerwärtig wäre», begann Käthe von Neuem, «so könnte ich eigentlich ein Wort für Hedy bei ihm einlegen. Ich habe sowieso in einer Geschäftssache mit ihm zu tun, und anstatt es telefonisch zu erledigen ... Ja, ich werde morgen in seinem Büro vorsprechen. Es war doch zum Teil meine Schuld, dass die Kinder dorthin kamen. Wer weiß, was das arme Mädel für Unannehmlichkeiten davon hat. Wir sind schlechte Kinderhüter, Henning.»

«Ja, das sind wir», bestätigte er, «aber jetzt ist es zu spät.»

«Wieso zu spät?»

«Man hätte gleich etwas tun sollen, den nächsten Tag. Und nun hören Sie bitte auf, von diesem Typ zu sprechen. Er kommt mir vor wie der Satan in einem Märchen.»

Er stand auf und machte einen Gang durch das Zimmer, das halb im Dunkeln lag, nur der Platz bei der Chaiselongue mit dem Tischchen davor war beleuchtet.

«Ich könnte mir wohl denken, dass er einen Pferdefuß hat», sagte Käthe von ihrem Lager her.

Die ganze Sache in der Bar drängte sich ihm wieder auf, vor allem die Figur des Herrn Schönlank mit seinem soignierten Äußeren und dem kulanten Lächeln ... er sah tatsächlich so aus, wie man sich einen Geschäftsfreund vorstellt. Erasmus schwelgte förmlich in seiner Antipathie gegen ihn, obgleich er einsah, dass man ihm keinerlei Schuld beimessen konnte.

Georg und Hedy waren jedenfalls seitdem nicht mehr nach Hause zurückgekehrt, und sein Verbrechen bestand nur darin, dass er überhaupt zugegen gewesen war.

Dann versuchte er darüber nachzudenken, warum die beiden nicht mehr hatten leben wollen, aber Käthe hob den Kopf von ihren Kissen und beunruhigte sich über sein sonderbares Wesen. So kehrte er in den Umkreis der Lampe zurück.

«Sicher hat er den», sagte er als Antwort auf ihre Bemerkung von dem Pferdefuß des Kommerzienrats, «oder er hat den bösen Blick oder etwas Ähnliches. Und solche Leute sollte man meiden.»

Sie lachte und meinte, sie sei sehr müde.

«Sie werden jetzt heimgeschickt, es war ein sehr hübscher häuslicher Abend. Nun werden wir alle einmal gründlich ausschlafen, ehe wir unsere folies communes wieder aufnehmen. Das junge Volk aber darf nicht mehr mit.»

«Nein, das nehmen wir nicht mehr mit», antwortete er und küsste ihr die Hand. «Und wenn Sie mir einen Gefallen tun wollen, so gehen Sie morgen nicht zu dem Mann mit dem Pferdefuß. Ich nehme Ihnen den Gang nächster Tage mit Freuden ab.»

Halb im Scherz ging sie darauf ein, dachte aber anderen Tags nicht mehr daran und suchte dennoch den Kommerzienrat in seinem Büro auf. Sie wollte ihn bitten, doch dem jungen Mädchen keine Schwierigkeiten zu bereiten, ihm sagen, dass es ihr persönlich bekannt sei und sie fortan ein wachsames Auge auf die kleine Liebesgeschichte haben würde.

Man ließ sie im Vorzimmer warten, dann kam Schönlank von draußen im Zylinder mit Trauerflor, er hatte eben seinen Kondolenzbesuch bei einer befreundeten Familie gemacht, deren Tochter ... er ließ Käthe in das Büro eintreten, stellte den Zylinder auf ein spiegelblankes Tischchen und fuhr sich über die Stirn ... eine unbegreifliche Geschichte ... ein blutjunges Ding aus angesehener Familie und mit einem Liebhaber in den Tod gegangen ... «Gott, wie traurig», sagte Käthe, die sich niedergelassen hatte und mechanisch den Zylinder auf dem blanken Tischchen betrachtete. Der Kommerzienrat warf sich noch in voller Gemütsbewegung ebenfalls auf einen Sessel, sah Käthe an und schien über etwas nachzudenken.

«Entschuldigen Sie mich, gnädige Frau, ich verliere sonst nicht so leicht die Contenance, aber dies geht mir nah, ich muss mich erst einen Augenblick sammeln, dann wollen wir Ihre Angelegenheit besprechen. Die Papiere sind da, es ist alles in Ordnung.»

Der Mann mit dem Pferdefuß scheint doch ein Herz zu haben, dachte sie.

Er erhob sich wieder, ging an einen Geldschrank und schloss ihn auf. Käthe musste an einen albernen Film denken, den sie neulich gesehen. Da schloss ein ruinierter Bankier mit genau derselben Geste seinen völlig leeren Kassenschrank auf, holte aus einer Ecke desselben eine Schnapsflasche und ein Gläschen hervor und trank sich Mut an. Es hätte sie gar nicht verwundert, wenn jetzt Schönlank es ebenso gemacht hätte. Aber er nahm nur ein Kuvert mit Papieren heraus und legte es vor sie hin, dann saß er ihr wieder gegenüber.

«Sie haben ja übrigens das Mädchen neulich gesehen», sagte er, immer noch ergriffen, «an dem Abend, wo ich das unerwartete Vergnügen hatte, Sie in einer Bar zu treffen ...»

Er sprach nun noch des längeren über das Mädchen und dessen Eltern, mit denen er seit Langem bekannt war, über Jugend, über Fehltritte und Selbstmorde. Käthe hörte ihm schweigend und wie gelähmt zu und beeilte sich dann fortzukommen. Ihr war nachher, als habe sie stundenlang da gesessen und nicht einmal die Augen bewegen können, während Schönlank sie lauernd beobachtete.

Aber der dachte gar nicht daran, ihm war nicht das geringste in ihrem Wesen aufgefallen, und er kam nicht einmal auf den Gedanken, dass sie das Mädchen näher gekannt habe. Er war überhaupt ein ziemlich harmloser Mensch und hätte sich sehr verwundert, dass man ihn so wenig leiden konnte und ihm eventuell teuflische Qualitäten, sei es auch nur einen Pferdefuß, zutraute. Und sein Mitgefühl für den schwer betroffenen Geschäftsfreund, Hedys Vater, war durchaus aufrichtig.

Was die beiden jungen Leute zum Sterben veranlasst und wo sie sich den Tag vorher aufgehalten hatten, wurde in keiner Weise näher aufgeklärt. Man musste wohl annehmen, dass es ein ganz momentaner Entschluss gewesen sei. Wenigstens Georg hatte keine Zeile an seine Angehörigen hinterlassen, und wie Hedy es damit gehalten, darüber erfuhren Henning und seine Freunde nichts ... Es bot sich keine Möglichkeit, mit ihren Eltern in Beziehung zu treten, sie hatten jeden dahin gehenden Versuch seitens der Burmannschen Familie abgelehnt und blieben anonym, die Mutter, welche die Schuhe ihrer Kinder vergolden ließ, und der Vater, der ein Geschäftsfreund des Herrn Schönlank war.

Man wusste nicht einmal, wann und wo Hedy begraben wurde, die Eltern hatten sie reklamiert, und es schien, als sei jede Spur von ihr ausgelöscht.

Georgs Begräbnis dagegen wurde von einem der Familie nahestehenden Geistlichen in der herkömmlichen Weise begangen. Auch Henning und Burmann waren hinausgefahren, der Friedhof lag weit draußen vor der Stadt. Burmann, als Verwandter, stand neben seinem Onkel, während Henning sich möglichst im Hintergrund hielt. Während der Rede des Geistlichen, der die unfassliche Verirrung eines jugendlichen Gemütes beklagte und Vergebung dafür erflehte, sah Henning eine Gruppe von vier Schülern in seiner Nähe ... Es fiel ihm auf, dass sie abgesondert dastanden und von der übrigen Trauerversammlung hier und da mit wenig sympathischen Blicken gestreift wurden, auch der Prediger schaute mehr als einmal verhängnisvoll zu ihnen herüber. Die vier trugen Trauerflor am Arm und schauten regungslos auf das Grab.

Der Selbstmordverein, dachte Erasmus. Er behielt die Jungen im Auge, und als die Versammlung sich auflöste, gesellte er sich zu ihnen und fing ein Gespräch an. Sie gingen dann gemeinsam zwischen den langen Gräberreihen entlang über den Friedhof und kehrten zu Fuß nach der Stadt zurück.

Die Jungen waren bedrückt und erregt, nun hatten sie schon den Zweiten aus ihrer Mitte begraben sehen, und diesmal war auch noch ein Mädchen dabei gewesen, das sie alle kannten. Sie fühlten sich wie in einem Schauerroman, der immer neue Fortsetzungen haben konnte. Gegen Henning verhielten sie sich anfangs etwas reserviert, allmählich aber tauten sie auf und erkannten ihn als guten Bekannten Georgs an.

Schließlich lud er sie in ein Weinrestaurant ein, er fühlte eine Art Verpflichtung, die jungen Leute etwas aufzuheitern, zum Mindesten die öde Friedhofsstimmung zu verscheuchen, die so beklemmend und nutzlos auf den Lebenden lastete. Als das nicht recht gelingen wollte, versuchte er es mit einem anderen Ton.

«Was da geschehen ist, stellt Sie gewissermaßen vor eine Aufgabe», sagte er zu dem, der ihm der Anführer zu sein schien – er sprach am meisten und sah am erwachsensten aus. «Sie müssen darauf achten, dass keiner mehr folgt. Die Pflicht des Selbstmordvereins ist jetzt, am Leben zu bleiben.»

Wider Willen lächelten sie alle vier, und der Anführer sagte:

«Aber bitte nennen Sie uns nicht so, wir haben doch nie im Ernst einen solchen Verein gründen wollen. Das war so Gerede, wie man eben manchmal spricht, und vor allem sollte es ganz unter uns bleiben.»

«Ich weiß», sagte Henning, «dasselbe hat mir Georg schon einmal gesagt.»

«Aber jetzt ist der Verein nicht mehr auszustreichen», bemerkte ein anderer, ein Schwarzhaariger, Eleganter, der so aussah, als ob er einmal viele Abenteuer und Schulden haben würde. Die Übrigen waren uninteressant und verhielten sich schweigend.

Dann wollten sie gehen. Kam einer von ihnen jetzt nicht rechtzeitig nach Hause, so war man gleich in Angst, es sei wieder ein Unglück geschehen ...

Henning schenkte ihnen noch einmal ein: «Sie können mich ja von jetzt an als außerordentliches Mitglied betrachten», sagte er zwischen Scherz und Ernst. «Ich bin im Prinzip durchaus dafür. Nur nicht in Ihrem Alter, da soll man noch warten.»

Die beiden Indifferenten lächelten wieder, die anderen blieben ernst und stießen nicht ohne Feierlichkeit mit ihm an.

Ein halbes Jahr war seitdem hingegangen, ein Frühling, ein Sommer, und man war wieder mitten im Herbst. Von den beiden Toten wurde öfters noch gesprochen, aber ihre Gestalten verblassten immer mehr und rückten schattenhaft in die Ferne, wie alle, die nicht mehr da sind.

Henning hatte angefangen, sich um seine Karriere, die ihn im Grunde so wenig interessierte, zu bekümmern, er kultivierte die Beziehungen, die sein Vater ihm angeraten, und arbeitete sich bei einem Rechtsanwalt ein. Es war dies ein Bekannter von ihm, der begriff, um was es sich handelte, und ihn mit ungläubigem Staunen wochenlang regelmäßig im Büro erscheinen sah. Henning selbst wunderte sich vielleicht noch mehr darüber, war aber im Grunde nicht sehr überzeugt, dass er nun wirklich eine Bahn beschritten habe, die ihn über kurz oder lang an ein wünschenswertes Ziel bringen würde. Im Gegenteil, je mehr die anderen erst schüchtern, dann immer zuversichtlicher auf die beginnende Wandlung seines Lebens blickten, um so unwahrscheinlicher erschien sie ihm selbst.

Sorgfältig verbarg er den Widerwillen, mit dem er von seinem Tagewerk nach Hause zurückkam und sich wieder in den eigentlichen Erasmus Henning mit der geordneten Behaglichkeit und der tropischen Indolenz zurückverwandelte. Die Letztere hatte ihn auch trotz aller großen Entschlüsse veranlasst, seine bisherige Wohnung und den damit verbundenen Lebensapparat beizubehalten.

«Schilt mich nur pathologisch, soviel du willst», sagte er gelegentlich zu Burmann, «ich erkenne es vollkommen an, wie ein Schuldkonto, das man mir schwarz auf weiß oder lila auf weiß vorlegt. Wie, ob und wann ich es einmal arrangieren werde, weiß ich noch nicht. Siehst du, wenn die sattsam bekannten Stränge reißen ... erschießen kann ich mich immer noch als außerordentliches Mitglied des Selbstmordvereins ... aber unpathologisch existieren, das bringe ich nun einmal nicht fertig.»

Er bekam daraufhin einen der Burmannschen Blicke und eine der Burmannschen Bemerkungen: «Du bist schon ein ganz schwerer Fall ... wenn du nur selbst wüsstest, was für Unsinn du wieder daherredest.»

«Du verstehst es aber doch? Man nehme mir das Beiwerk meines Lebens, an dem ich nun einmal hänge wie ein Sammler an seinen Raritäten, so bin ich entwurzelt und tauge zu nichts mehr, es gibt mich überhaupt nicht mehr. Ich brauche das Haus hier, die Straße, die ich gewöhnt bin, dich und Käthe, so wie ihr hier seid, nicht wie ihr in irgendeiner beliebigen Dreizimmerwohnung kommen und gehen würdet. Last, not least Josias und unser Morgenzeremoniell.»

«Und wenn nun der Alte eines schönen Tages eingeht?»

«Das tut er nicht – solange alles bleibt, wie es ist, bin ich überzeugt, er lebt weiter wie der Ewige Jude. Wären wir dagegen umgezogen, so würde er sicher sofort in Staub zerfallen.»

«Das könnte ich mir ganz gut vorstellen. Übrigens spricht da viel die Belastung der Herkunft mit. Ihr seid, Herr und Knecht, auf der eigenen Scholle geboren und lebt dann in ewigem Heimweh wenigstens nach einer unveränderten Wohnstätte, nach den Leuten, die euch schon als Kinder auf dem Arm getragen haben, und so weiter. Ich kenne so etwas nicht – ich bin einfach da, wo ich bin. Es würde mich nicht im Geringsten berühren, wenn ich von morgen an am entgegengesetzten Ende der Stadt oder der Welt leben sollte.»

«Ganz richtig, von der Scholle weg bleibt man immer heimatlos und sucht etwas Ähnliches oder ein Surrogat dafür. Oder man kann nur gleich ganz weit fortgehen, in die Tropen zum Beispiel.»

«Ach, das ist wieder so echt», sagte Burmann, «in die Tropen gehen. Eine andere Wohnung suchen ist unmöglich, seine Lebensgewohnheiten ändern ausgeschlossen, aber nach Afrika oder Australien oder auf den Mond auswandern – Bagatelle.»

«Gewiss, das ist auch viel einfacher», antwortete Henning in tiefstem Ernst.

«Warum hast du denn nie daran gedacht?»

«Mein Gott», sagte Erasmus langsam, «was sollte ich dort, solange ich mich hier wohlfühle. Aber die Käuze haben mir neulich einmal lang und breit davon gesprochen. Sie meinten, ich passe so gut dorthin, Du weißt ja, wie sie sind, sie betrachten alles von künstlerischen oder ähnlichen Gesichtspunkten. In meinem Fall stellen sie sich zum Beispiel ein sonnenheißes Land vor, mitten darin ein komfortables Klubhaus, und davor sitze ich im weißen Anzug, von Niggerboys umgeben, die mir mit ungeheuren Palmblättern Kühlung zufächeln. Wenn weiter nichts dabei zu tun wäre, möchte mir das auch ganz gut gefallen. Die Käuze treiben es wie einen angenehmen Sport, Menschen und Verhältnisse ausfindig zu machen, die zueinander stimmen. Sie können sich dann auch wirklich ins Zeug legen, um diese und jene zusammenzubringen. Käthe nennt Augustin deswegen den Impresario des Schicksals, und er hört das gar nicht ungern.»

«So lass dich nur von ihm in das komfortable Klubhaus verpflanzen, er hat damit nicht so unrecht.»

«Er unterhandelt auch schon mit dem Kommerzienrat, der soll irgendeine wunderbare Position für mich ausfindig machen. Ich nähme sie zwar lieber aus einer anderen Hand entgegen.»

«Du verkehrst in letzter Zeit viel mit ihnen, wie mir scheint.»

«Ja, das Café, wo die Käuze tagen und Schicksale lenken, liegt an meinem Weg zum Büro, so mache ich dort fast regelmäßig noch eine letzte Rast und lasse mich mit milder Zukunftsmusik und schönen Bildern trösten.»

Käthe kam in das Zimmer, mit einer weißen Schürze angetan, sie hatte die Aufsicht geführt, während Josias und Frau Lohr Burmanns Konsultationszimmer der allwöchentlichen großen Reinigung unterzogen.

«Fertig, Hans, es glänzt alles nur so, und Josias ist aufs Neue überzeugt, dass wir uns doch noch heiraten, weil ich mich so um deine Sachen kümmere. Er ist sehr dafür, ich glaube zum Teil aus Besorgnis, dass sonst Erasmus eine Mesalliance mit mir eingehen möchte. Einer von euch muss es ja schließlich sein.»

«Liebste, einzige Käthe, legen Sie die Schürze weg, die Ihnen nicht steht, und dann auch das leidige Thema, wer von uns dreien sich verheiraten soll», bat Henning, «die Sache ist noch lange nicht spruchreif.»

Sie war aber eigensinnig, behielt die Schürze an und beanspruchte den Schaukelstuhl, den er ihr nicht ganz bereitwillig abtrat.

«Es ist so selten geworden, dass wir alle drei beisammen sind», sagte sie fast traurig, «alles hat sich verändert. Haben eigentlich die beiden Kinder eine so große Rolle bei uns gespielt, oder ist es, weil wir den Schrecken noch nicht verwinden können. Gerade heute habe ich wieder so viel daran gedacht, und mir ist, als hätten wir uns alle seitdem verändert, etwas von unserer Spannkraft eingebüßt.» Keiner antwortete, während sie langsam schaukelte und in die Luft sah.

«Wovon habt ihr denn gesprochen, als ich hereinkam?»

«Von den Käuzen», antwortete Henning erleichtert. «Ich erzählte Hans, wie ich mich alle Nachmittage von ihnen aufrichten lasse. Sie haben tiefes Verständnis dafür, dass mein Büro und ich eine unglückliche Zusammenstellung ergeben, und spintisieren darüber, während ihr anderen mit eurem gesunden Menschenverstand das nicht einsehen wollt und stumm an meinen Leiden vorübergeht.»

«Ja, Sie sind so etwas wie ein unverstandner Mann.»

«Pfui», sagte Erasmus, «und überhaupt hat es etwas Aufreibendes, wenn fortwährend festgestellt wird, wie jemand ist und was er ist. Wozu, es weiß ja doch keiner etwas vom anderen. Erinnerst du dich noch, Hans, wie du damals mit meinem Vater über Georg gesprochen hast? Du meintest noch, er habe das Zeug dazu, etwas Besonderes zu werden. Tags darauf hat er sich mir nichts, dir nichts erschossen. Ebenso Hedy, die wir alle für einen netten, aber oberflächlichen Backfisch hielten. So viel weiß man voneinander.»

«Aber nach dem, was Sie erzählen, machen die Käuze es auch nicht viel anders, und da finden Sie es wohltuend.»

«Nein, die eben nicht. Sie gehen einige Schritte weiter. Sie stellen wohl erst fest, wie ein Mensch ist und wie die Verhältnisse sind, seine, die nicht für ihn passen, und andere, die vielleicht für ihn passen würden. Und dann machen sie sozusagen Arrangierproben: Der da steht nicht gut, bewegt sich nicht richtig, nimmt sich in dieser Beleuchtung ungünstig aus ... stellen wir ihn anderswo hin. Zum Beispiel, der jugendliche Liebhaber Henning eignet sich nicht für Heldenrollen, auch als Schreiber bei einem Advokaten macht er schlechte Figur, lassen wir ihn lieber nur in Salonszenen auftreten oder als Afrikareisenden. Versteht ihr, sie wissen wenigstens so etwas wie Hoffnung zu erwecken, dass die schlechte Inszenierung des Lebens hier und da abgeändert werden könnte ...»

«Ich verstehe schon», warf Burmann ein, «und für Leute, die immer eine Regie brauchen wie du, ist das gewiss ein wünschenswerter Verkehr. Mir dagegen würden solche Gespräche auf die Nerven fallen, wenn ich sie oft mit anhören müsste.»

«Du hast auch Pech gehabt, die beiden Male, als du mit warst, wurde nur über französische Küche im vorigen Jahrhundert oder über die talentvolle Nichte gesprochen.»

«Und mir scheint, es wurde beides etwas zu wichtig genommen.»

«Wie man es nehmen will, sie halten eben die französische Küche für einen wichtigen Lebensfaktor, und die Nichte macht ihnen viel zu schaffen.»

«Kennst du sie?»

«Nein, ich habe sie noch nie zu Gesicht bekommen. Ich glaube, sie halten mich für gefährlich. Das Mädchen kommt irgendwo aus dem Wildwest und soll nun gesellschaftlich zugestutzt werden. Sie haben sozusagen Mutterstelle an ihr zu vertreten.»

«Wessen Nichte ist sie denn eigentlich?», fragte Burmann. «Ihr sprecht immer von den drei Herren, als ob sie ein Sammelbegriff wären.»

«Ich muss allerdings sagen, dass sie sich damals auch so benahmen. Augustin führte beständig das Wort, und die beiden anderen sind mir ganz unklar geblieben.»

«Gewiss, sie sind nur Begleiterscheinungen, Nebenkäuze. Weintrapp und Leidhecker ... es gehört unbedingt zu ihnen, dass sie so wunderliche Namen haben.»

«Die Namen sind lustig, sie klingen wie erfunden.»

«Und die Nichte ist natürlich Augustins Nichte», erläuterte Henning weiter. «Weintrapp und Leidhecker partizipieren nur an den Freuden und Sorgen, die sie um sich verbreitet ... aber was mich weit mehr interessiert – es scheint, dass sie etwas darüber erfahren haben, wer Lucy ist. Woher, wollten sie mir nicht sagen. Sie tun immer gern etwas geheimnisvoll, und das Vergnügen kann man ihnen ja lassen. So sind wir auch noch nicht ganz sicher, ob die Personalien stimmen.»

Nun fuhr Käthe auf, wie von einer Tarantel gestochen: «Und das sagen Sie erst jetzt? Mein Gott, was sind Sie für ein Mensch!»

Sie hatte ihm die Morgenstunde bei Schönlank immer noch nicht vergessen, und dies schien ihr wieder ein neuer Verrat.

Burmann beobachtete die beiden wie aus einem Hinterhalt und sagte dann, wie in schmerzlicher Resignation: «So wird also dieses Spiel von Neuem beginnen. Aber erzähl uns doch.»

«Sie soll eine schwedische Sängerin oder Tänzerin sein und wollte hier auftreten. Das hat sich dann aus irgendeinem Grunde zerschlagen, es sei aber nicht ausgeschlossen, dass sie diesen Winter wiederkommt. Und der verdammte Schwede ist wahrscheinlich Pianist, begleitet sie auf dem Klavier und auch durchs Leben.» Henning schwieg, dachte an den vergangenen Winter und fügte dann hinzu: «Wenn es wirklich dieselbe ist, man kann sich ja auch irren. Und wer weiß, ob sie mich jetzt noch interessiert.»

Dann zog er sich in seine Gemächer zurück, um, wie er sagte, noch einen Prozess zu bearbeiten, und die beiden anderen blieben allein.

Burmann trat zu Käthe heran, die regungslos im Schaukelstuhl lag, immer noch mit der weißen Hausfrauenschürze, und mit ihren schönen, klaren Augen zu ihm aufsah. In ihrem Ausdruck war einen Moment lang etwas Hilfesuchendes. Er legte ganz vorsichtig die Hand auf ihre Schulter und fragte: «Käthe, liebst du ihn eigentlich?»

«Nein», antwortete sie, «ich kann ihn nicht ausstehen, und er mag seine Lucy nur alleine suchen.»

Es schien, dass Hennings Interesse für Lucy noch nicht gänzlich erloschen war, denn er nahm seine abendlichen Irrfahrten wieder auf, und die anderen bekamen ihn wenig mehr zu Gesicht, da er spät nach Hause kam, die Vormittage wieder wie früher verschlief und dann gleich nach Tisch mit seiner Aktenmappe verschwand. Einmal hatte er Käthe aufgefordert mitzukommen, sie zeigte sich aber launisch und wollte einstweilen von keinem gemeinsamen Spleen mehr wissen. Er kam dann auch nicht wieder darauf zurück und ging mehr und mehr seine eigenen Wege.

So war der Herbst verstrichen, und die Wintersaison hatte längst mit ihrem üblichen Getriebe eingesetzt, als er und Käthe sich zufällig auf einem Ball trafen. Keiner hatte gewusst, dass der andere da sein würde. Als Erasmus eintrat, stand sie in einer Saalecke, vielfach umringt und in lebhafter Unterhaltung. Sie sah ihn mit der Frau des Hauses kommen, mit verschiedenen anderen sprechen, man begrüßte sich vorläufig nur mit einem Blick, während er allmählich der Gruppe näher kam.

«Da kommt der Baron Henning», bemerkte einer der Herren, «um die Schar Ihrer Freier vollständig zu machen oder aber, wie ich fürchte, um uns andere auszustechen – er hat doch wohl immer noch die meiste Chance», fügte er leiser hinzu.

Käthe befand sich in guter Stimmung und war ihm fast dankbar für die Bemerkung. Sie sah es nicht ungern, wenn man ihre Beziehung zu Henning überschätzte, und doch gab es ihr manchmal einen leisen Stich, weil so gar nichts dahinter war.

Dann schüttelten sie sich die Hand, mit betonter Herzlichkeit, da es vor anderen geschah, und empfanden es beide mit Vergnügen, sich in dieser fremden Umgebung wiederzusehen. Die Verstimmung, die in letzter Zeit eingerissen war, musste wohl oder übel vor der Umgebung ignoriert werden. So konnte man sich wieder freundlich begegnen, ohne erst eine langweilige und vielleicht missglückte Aussprache zu veranstalten.

Es hatte sich gerade ein Wettstreit entspannen, wer Käthe zum Souper führen sollte, und sie hatte die Entscheidung mutwillig bis zum letzten Moment hinausgeschoben.

«Sehen Sie», sagte sie nun zu Henning, «ich übte mich gerade darin, kapriziöse Schlange zu spielen – die Herren sind ja immer begeistert, wenn sie einen für kapriziös halten dürfen –, und habe noch keinem mein Jawort gegeben. Natürlich bekommen es jetzt Sie, der es am wenigsten verdient und sich nicht einmal drum beworben hat.»

«Sie sind bezaubernd und ungerecht wie das Schicksal selbst», sagte Doktor Augustin, der Kauz, der ihr zunächst stand, während die anderen ein unwilliges Gemurmel erhoben. Henning sah sie unter schweren Augenlidern hervor forschend an und versuchte um der vielen beobachtenden Blicke willen einen triumphierenden Ausdruck über seine ermüdeten Züge zu verbreiten. Dann entführte er Käthe zum Souperwalzer, während die enttäuschten Freier noch einen Augenblick stehen blieben, ihnen nachsahen und sich dann zerstreuten.

Das Souper ging in zwei kleineren, an den Tanzsaal grenzenden Räumen vor sich. Es waren dort wie in einem Restaurant einzelne Tische aufgestellt, an denen je nachdem ein, zwei oder mehrere Paare saßen. Henning hatte rasch, als ob es so sein müsste, ein Tischchen ausfindig gemacht, das sich nur zum Tête-à-tête eignete. Dicht daneben war ein Kamin, in dem nur des hübschen Effekts halber ein Holzfeuer brannte, und er wusste von früheren Gelegenheiten, dass der Platz nicht sehr beliebt war, weil man ihn zu heiß fand.

«So geht's», sagte er heiter, als sie sich gegenübersaßen. «Ich hatte gar keine Lust herzukommen. Hätte mir nicht Josias den Frack so verführerisch hingelegt, so wäre ich weggeblieben. Und nun bin ich wirklich froh, hier zu sein. Ist es nicht beinah, als ob wir ein junges Paar auf der Hochzeitsreise wären und diese ganze Sache nur arrangiert, um einen hübschen Rahmen für uns abzugeben.»

Dabei schenkte er ihr ein, legte ihr vor und bediente sie wirklich wie ein junger Ehemann. Das helle Kaminfeuer, die weißen Tische mit Blumenschmuck und festlichen Menschen, das Lachen und Sprechen ringsum, das alles gab eine Note von intensiver Behaglichkeit.

Käthe musterte ihren Tischherrn, er hatte nur etwas Unruhiges im Ausdruck, aber wenn er sprach, legte er eine ungewohnte Wärme in seinen Ton.

«Was haben Sie heute – Ihnen ist irgendetwas begegnet. Oder sind Sie jetzt immer so? Wir haben uns wenig gesehen. Sie verändern sich, ich weiß nur noch nicht, in welche Richtung.»

«Nein, bitte, liebste Käthe, lassen Sie uns vorläufig plaudern, ausschließlich plaudern. – Mir ist etwas begegnet, jawohl, aber ich muss noch überlegen, ob ich es Ihnen erzählen soll ... Jedenfalls erst später, nicht so zwischen zwei Gängen, mit Gabel und Messer in der Hand.»

Sie aßen also weiter und sprachen von gleichgültigen Dingen, von den verschiedenen Bekannten oder kritisierten die Gesellschaft, die ringsumher saß. Endlich kam man beim Dessert an. Käthe hatte großes Vergnügen an all den zierlichen süßen Dingen, die da herumgereicht wurden, und Henning sah ihr zu wie bei einem Spiel. Um sie her ging es jetzt ziemlich unruhig zu, ein Teil der Gäste war schon aufgestanden und verteilte sich wieder in den anstoßenden Salons. Die Jugend drängte sich im Tanzsaal um einen Amerikaner, der einen neuen Tanz vormachte und erklärte. Dazwischen schoben sich still und eilig die Diener und servierten kleine Kaffeetassen auf schweren silbernen Tabletts. Andere waren noch sitzen geblieben, sahen schläfrig dem Treiben zu oder unterhielten sich.

Zwischen Henning und Käthe war das Gespräch immer einsilbiger geworden, da beide sich bemühten, dem auszuweichen, was der eine fragen und der andere antworten konnte.

Dann aber sagte sie ohne jeden Übergang: «Jetzt erzählen Sie mir, Erasmus, ob Sie Lust haben oder nicht. Ich will alles wissen, was Sie in diesen Wochen gemacht haben, seit wir» – sie dachte nach und zog die Augenbrauen fragend und vorwurfsvoll in die Höhe –, «ich muss wohl leider sagen, verstimmt aufeinander sind, oder vielmehr waren. Sie haben jetzt eine Chance, es wieder auszugleichen. Außerdem sind wir fertig, Messer und Gabel brauchen Sie nicht mehr zu stören.»

«Es war eine schlechte Zeit», sagte er, «und Sie haben mir sehr gefehlt. Wenn Sie mich jetzt wieder beim Vornamen nennen, bin ich ja zu jeder Buße bereit. Obgleich es Ihre Schuld war.»

«Sie denken wieder an etwas anderes, es war doch nicht meine Schuld ...»

Erasmus unterbrach sie: «Sehen Sie das junge Mädchen, das dort mit einem älteren Herrn spricht?»

Käthe wandte sich um: «Ja ... und?»

«Das ist die Freundin von Hedy, mit der ich damals gesprochen habe. Wir verabredeten uns nachmittags in eine Konditorei, wohin sie mir Nachricht bringen sollte, ob Hedy zu Hause sei, und ich bin dann nicht hingegangen. Ich hatte es vollkommen vergessen, und es fiel mir erst viel später wieder ein.»

Das Mädchen legte den Arm auf den des älteren Herrn, der vermutlich ihr Vater war, und kam an ihnen vorbei. Henning stützte den Arm auf den Tisch und begegnete ihrem

Blick, als wünschte er, sie möchte ihn erkennen. Schon in der Tür sah sie sich denn auch neugierig nach ihm um.

«Diesen Winter wäre wohl auch Hedy zum ersten Mal ausgegangen», meinte Käthe, «wir hätten sie hier und da getroffen, so wie sie den Abend in der Bar aussah, damenhaft und ein bisschen fremd. Erinnerungen bleiben immer so melancholisch, selbst wenn man sich an das Geschehene gewöhnt hat. Und Sie», fuhr sie dann fort, während er noch völlig abwesend der hellen Gestalt nachsah, «Sie haben wieder den Blick, als ob Sie Gespenster sähen.»

«Dasselbe sagten Sie damals, als Schönlank mit meinem Vater hereinkam. Es ist mir im Gedächtnis geblieben, weil es das letzte Wort war, ehe sich die fatale Szene entwickelte, und weil es so zutreffend war ... Bleiben wir noch ein wenig sitzen, es wird nicht weiter auffallen. Die stürmische Jugend tanzt, und die ältere Generation kann sich, wie Sie sehen, noch nicht zum Aufstehen und zu weiteren Strapazen entschließen. So können wir ruhig noch eine Weile abseits bleiben.»

Sie saßen und blickten auf das dekorative Kaminfeuer, beide in Anspruch genommen durch die unerwartet wieder aufgewachten Erinnerungen.

«Hat der Gespensterblick Sie beunruhigt?», fragte Erasmus mit gezwungenem Lächeln, «Sie sehen mich so besorgt an.»

«Nein, diesmal nicht, weil er der Vergangenheit gilt ... Ich wüsste nicht, was er jetzt und hier Schlimmes voraussehen könnte. Aber ich mag ihn nicht – Sie sehen dann aus, als ob Sie willenlos und ohne Widerstand dem ersten, besten Gespenst verfallen würden, das Ihnen begegnet.»

«So ist es auch, Käthe, Sie haben eine unheimliche Divinationsgabe. Übrigens handelt es sich nicht um dies kleine Mädchen, das da eben vorüberging und gewissermaßen Hedy wieder mitbrachte. Das ist ein harmloses Gespenstchen, ich werde nachher mit ihm tanzen und mich entschuldigen, dass ich es damals umsonst habe warten lassen ... Aber ich habe vor einigen Tagen ein anderes getroffen ...»

«Lucy?», fragte sie wider Willen. Sie hatte überhaupt nichts mehr fragen wollen, denn es reizte sie im Stillen, dass er immer neue Überraschungen bei der Hand hatte und sie ausspielte oder für sich behielt, wie es ihm grade gefiel.

Ihm schien es aber diesmal nicht auf den Effekt anzukommen, er verlangte nur danach, sie wieder teilnehmen zu lassen, und er hatte seine anfänglichen Bedenken längst wieder vergessen.

«Ja, hören Sie nur zu. Aber erst noch eine Vorbemerkung. Es steht ziemlich schlecht um mich, liebe Käthe. Ich habe in dieser Zeit ein dummes Leben geführt ... ich habe angefangen zu spielen und viel verloren. Notabene, ich verliere natürlich, was ich eigentlich gar nicht besitze. Und abends habe ich dann allein oder mit Ihrem Ungarn – der übrigens beständig nach Ihnen fragt – viele, viele Gläser getrunken. An dem Abend, auf den es ankommt, war ich zufällig allein und trank wieder viele Gläser, fühlte mich, wie ich leider gestehen muss, schon etwas unklar und dachte darüber nach, wie ich mich aus alledem wieder herausreißen könnte. Es war ein ziemliches Gedränge in der Bar, ich sah zu, wie sie tanzten, und sah ein dunkles Mädchen mit einem langen blonden Herrn, den ich schon einmal gesehen haben musste.»

«Der verdammte Schwede», sagte Käthe halblaut und ergriffen.

«Richtig, der verdammte Schwede – ich wusste es auch, aber es erregte mich nicht besonders. Sie müssen entschuldigen, wenn ich noch einmal betone, dass mein Bewusstsein etwas umfangen war, es gehört leider zur Geschichte und beeinflusst sie ... Ich sah also den verdammten Schweden, sah ihn mit Lucy tanzen und empfand es mit friedlicher Heiterkeit, dass die beiden wieder da waren. Sie tanzte auch wieder auffallend stürmisch, war aber nicht so schick angezogen wie damals, im Gegenteil, sie sah einigermaßen reduziert aus, und das freute mich beinah. Ich dachte, dir ist es anscheinend auch nicht besonders gut gegangen seit damals.» Henning stockte und sah eine Zeit lang in das Feuer. Käthe beobachtete sein schön gebildetes Profil und die breite Stirn und sann darüber nach, welchen Eindruck er wohl auf Lucy gemacht habe.

«Es blieb auf die Länge nicht so idyllisch», fuhr er in seiner Erzählung fort. «Ich trank einen schwarzen Kaffee, wurde wieder munterer und fing Händel mit dem Schweden an, nannte ihn einen verdammten Schweden und suchte ihm klarzumachen, dass ich mindestens ebenso viel Anrecht an Lucy habe wie er. Kurzum, es war eine Szene, wie sie manchmal gegen Morgen in solchen Lokalen stattfindet. Schließlich endete sie damit, dass Lucy mit mir am Tisch saß und der Schwede verschwunden war. Sie hatte sich die ganze Zeit halb totgelacht und schien großen Spaß daran zu haben.»

«Und dann?», wollte Käthe wissen. Sie war sehr gespannt, aber leicht enttäuscht. Man hatte sich dereinst zu viel von Lucy versprochen, als dass sie jetzt als banales Barabenteuer enden durfte.

«Soll ich auch noch den Rest erzählen?», und als Käthe nickte: «Ich will ihn kurz andeuten. Sie kam mit mir in ein Hotel, war aber morgens verschwunden. Ich habe sie also nur im Rausch und im Dunkel gesehen, von Licht wollte sie durchaus nichts wissen. Keine Verabredung, keine Adresse – nichts. Folglich – und dies ist die Pointe – ist sie ein Phantom geblieben und muss selbst wissen, dass sie eines ist, warum hätte sie sich sonst so mysteriös benommen. Eine Frau, die den ganzen Abend lacht und tanzt, ihren Schweden, der sie durchs Leben begleitet, mir nichts, dir nichts verabschiedet, um sich zu einem völlig Fremden zu gesellen, diesen aber wieder absichtlich im Dunkel über sich lässt – sagen Sie selbst, Käthe, ist es etwa mit mir nicht richtig, oder begegnen mir tatsächlich Gespenster?»

Er schüttelte sich, und seine letzten Worte klangen wie ein halb verzweifelter Appell an ihren Wirklichkeitssinn, der ihm zu Hilfe kommen sollte. Sie wusste, dass alle den an ihr liebten, immer war es ihre Rolle, die frohe, sichere Frau darzustellen, die mit allem fertig wurde, aber sie war das müde und wollte nichts mehr davon wissen. Seit sie Henning im Lauf des letzten Jahres, durch alles, was sie zusammen erlebt hatten, nähergekommen war, reizte es sie grade, ihre Sicherheit aufzugeben und lieber dunkle und verworrene Erlebnisse mit ihm zu teilen. Seine Erzählung hatte ihr anfangs wenig gefallen, jetzt gewann sie wieder an Charme, aber zugleich empfand sie doch gegen ihren Willen eine quälende Eifersucht.

«Ihre Geschichte ist jedenfalls ziemlich sonderbar», sagte sie, und es irritierte sie, hier im Ballkleid zu sitzen, schön und begehrenswert auszusehen, alles das nur, um seine zweifelhaften Bekenntnisse entgegenzunehmen. «Aber wie soll ich wissen, wie es um Sie steht? Seit dem Tode der beiden Kinder sind wir wohl alle etwas nervös geblieben und leicht zu erschrecken ... Und wie war sie denn – Lucy meine ich? Solange sie greifbar vorhanden war.»

«Ach, ich weiß nicht», gab er zerstreut zurück. «Der verdammte Schwede dagegen ist mir sehr deutlich in Erinnerung geblieben. Übrigens hat er mich gefordert oder ich ihn. Ich entsinne mich nicht mehr genau, wie es war. Er saß eine Weile neben mir, sehr lang und sehr blond, und setzte mir sanftmütig auseinander, dass es wohl ein Nonsens wäre, sich wegen eines Mädchens zu schlagen, die sich bald mit dem einen, bald mit dem anderen amüsiere. Am nächsten Morgen müsse er verreisen, käme aber in einiger Zeit zurück, und dann könne das Duell stattfinden. Ich dachte erst, ich hätte die ganze Unterredung geträumt, fand aber nachher seine Visitenkarte in meiner Westentasche und werde ihm wohl auch die meine gegeben haben. Er heißt natürlich Axel – Pallström oder Hallström oder so ähnlich – und hat mit Bleistift unter den Namen geschrieben: Pistolen, spätestens am 15. Februar. Dies Nachspiel fügt sich dem ganzen Spuk nicht übel an.»

Käthens widersprechende Empfindungen lösten sich plötzlich, sie war selbst ganz beglückt, dass sie wieder weich und freundschaftlich für ihn fühlen konnte, und brach in ein helles Gelächter über den verdammten Schweden aus. Henning war verwundert, dann aber stimmte er mit ein, und sie lachten beide noch, als Doktor Augustin zu ihnen trat.

«Sie vergnügen sich anscheinend besser als ich», sagte er. Sein Erscheinen kam nicht grade erwünscht, aber man konnte nicht gut Nein sagen, und er rückte sich einen Stuhl an den Kamin. Die drei waren jetzt fast die Einzigen im Raum.

«Ich irre hier herum», fuhr Augustin in seiner etwas umständlichen Sprechweise fort, «und kann diesen Festen keinen Geschmack abgewinnen. Es sollte eine Kunst sein, sich zu vergnügen, den infrage kommenden Sinnen einen feinen, allmählich an- und wieder abklingenden Anreiz zu bieten – statt dessen ... die jungen Leute da drüben tanzen nur, um zu tanzen, um sich Bewegung zu machen, die älteren langweilen sich. Dazwischen steht man herum, soupiert eilig und gedankenlos ...»

«Das ist wohl der springende Punkt», warf Henning ein, «aber als berufsmäßiger Gourmand – oder Gourmet, wie Sie mich zu verbessern pflegen – sollte man eben nicht auf Bälle gehen.»

«Recht, mein junger Freund, wenn nicht auch die gesellschaftlichen Verpflichtungen als notwendige Tugend gepflegt werden müssten. Ein gutes Diner oder Souper als Selbstzweck ist mir lieber, aber wer gibt denn heute noch Diners an sich?»

Erasmus lächelte konventionell, wie sein Vater manchmal lächelte, wenn ihm eine Situation nicht ganz recht war. Doktor Augustin betrachtete ihn aufmerksam mit seinen runden, genussfrohen Augen und fühlte, dass da etwas nicht in Ordnung war.

«Ich habe gewiss ein anregendes Gespräch unterbrochen?», fragte er, «darf ich bitten, dass Sie es fortsetzen, ohne meine Anwesenheit in Betracht zu ziehen. Ich will dann auch gestehen, dass mich Ihr Lachen herbeilockte. Meine Tischdame wurde abgerufen, weil ihr Baby sich erkältet hatte, und ich fand keine andere Gesellschaft als einen morosen älteren Herrn, der ebenfalls allein war. Kurz, gnädige Frau, meine innere Harmonie wird heute beständig beeinträchtigt, und ich hoffe, Sie gestatten mir, mich an der Ihrigen zu erbauen.»

«Gerne», erwiderte Käthe spöttisch.

«Ja, dieses hübsche Plätzchen am Feuer, das Sie sich ausgesucht haben und das einen wirkungsvollen Rahmen für Ihrer beider Erscheinung abgibt, regte, wenn ich so sagen darf, meinen künstlerischen Blick an. Sicher erzählte der Baron grade eine amüsante Geschichte.»

«Gewiss», sagte Henning, «schade, dass Sie nicht früher kamen. Übrigens haben Sie doch ein wenig daneben geraten, wir erzählten uns nämlich Spukgeschichten, die gnädige Frau und ich.»

«Beabsichtigen Sie das Gruseln zu lernen, Gnädigste? Mir will zwar scheinen, als sei trotz des Kamins und der späten Stunde hier nicht ganz die geeignete Umgebung dazu.»

«O doch ..., ich kann es schon», meinte Käthe mit einem Versuch zu scherzen, obgleich ihr wirklich beklommen und wunderlich zumut war. Dies Gefühl steigerte sich noch, als Henning aufstand und die Absicht äußerte, das junge Mädchen von vorhin um einen Tanz zu bitten. Er würde nicht lange ausbleiben und dann wieder hierherkommen.

So blieb sie mit Augustin allein. Sie gab sich alle Mühe, eine unbefangene Unterhaltung mit ihm zu führen, aber sie konnte diese fantastische Stimmung, die sie sich sonst manchmal gewünscht hatte, nicht wieder loswerden ... Vergebens sagte sie sich, dass ihre Nerven überreizt seien ... ihr schien alles um sie her unwirklich und unsinnig, die Musik im Saal nebenan, die Paare, die sich immer lebhafter drehten, die ganze festliche Atmosphäre und Helle, welche Menschen und Räume einhüllte. Da tanzt er nun mit dem harmlosen Gespenstchen, dachte sie, zwischen den anderen, die sich wirklich amüsieren. Und wer weiß, was da nicht alles wieder emporsteigt, wenn sie von Hedy sprechen.

Sie fühlte auch, dass ihre Antworten bis zur Unhöflichkeit zerstreut waren und Augustin sie des Öfteren erstaunt und verlegen ansah. Inzwischen betrachtete er die großen Sträuße von weißen Rosen, die auf dem Kaminsims standen.

Wahrscheinlich stellte er ästhetische Betrachtungen an, und es beunruhigte ihn, dass eine schöne Frau neben Rosensträußen saß und nicht harmonisch aufgelegt war. Sie stellte dann ihrerseits fest, auch er nähme sich heute nicht ganz richtig aus, man war zu sehr gewöhnt, ihn von seinen beiden Nebenkäuzen ergänzt zu sehen, allein wirkte er inkomplett und seine Bemerkungen, die nicht durch ein doppeltes Echo variiert wurden, langweilig und gekünstelt.

«Wo haben Sie denn Ihre Trabanten gelassen?», fragte sie aus diesem Gedankengang heraus.

«Sie sind noch weniger Ballfreunde wie ich, und sie fanden einen Vorwand, die Einladung zu umgehen. Statt dessen sind sie mit meiner Nichte im Theater.»

«Ah, mit der gemeinsamen Nichte. Die hätten Sie doch auch mit hierhernehmen können.»

«Sie ist noch nicht eingeführt und hat noch nicht die nötigen Besuche gemacht. Das ist alles nicht so einfach. Das Mädchen kann auch wohl nicht gut mit uns ausgehen. Wenigstens meinten Weintrapp und Leidhecker, es nähme sich nicht gut aus, und man müsse einen anderen Modus finden.»

Käthe war froh, dass sich endlich ein ablenkendes Thema auftat, und fragte weiter: «Ja, überhaupt, was ist denn eigentlich mit dieser Nichte? Man hört hier und da von ihr sprechen, bekommt sie aber immer noch nicht zu sehen. Erzählen Sie mir doch etwas von ihr – wie alt ist sie – ist sie hübsch und wie heißt sie – sie muss doch außer ihrer Eigenschaft als Nichte auch irgendeinen Namen haben.»

«Elisabeth», sagte Augustin mit sorgenvoller Miene, «aber der Name passt durchaus nicht zu ihr. Ein Mädchen, welches Elisabeth heißt, könnte zum Beispiel sanft und ein wenig überirdisch sein – meinetwegen auch etwas gewöhnlich und schwerfällig –, dann würde man sie eben Lisbeth oder Elise nennen. Aber eine Elisabeth darf nicht den Teufel im Leibe haben, das wirkt ungemein stillos. – Hübsch ... Ja, sie ist knapp zwanzig Jahre alt und, soweit ich unparteiisch urteilen kann, recht hübsch zu nennen. Aber auch ihr Äußeres ist ungebärdig und entbehrt der Sorgfalt, zum Mindesten immer eine oder die andere Haarsträhne, die ihr in die Augen fällt, oder sonst etwas, das nicht am richtigen Platz sitzt. Und so ist es bei ihr mit allem. Sie ist begabt, aber zu keiner stetigen Ausbildung ihrer tatsächlich vorhandenen Talente zu bewegen. Sie kam mit der Absicht, Malerei zu studieren, jetzt will sie Schauspielerin werden und deklamiert den ganzen Tag.»

«Wie sind Sie denn dazu gekommen, ausschließlich die Obhut über die junge Dame zu übernehmen?»

«Sie ist in Amerika geboren», erklärte Augustin, «und ihre Eltern starben kurz nacheinander, ohne irgendetwas zu hinterlassen. Ihre dortigen Bekannten haben ihr wohl den Rat gegeben, sich an ihre europäischen Verwandten zu halten, und sie einfach herübergeschickt. Da ich nun der einzige Verwandte war, erschien sie eines Tages bei mir, und ich konnte nicht gut umhin, mich ihrer anzunehmen. Ich muss auch sagen, gnädige Frau, dass ich in gewissem Sinne Freude daran habe, solch ein junges Menschenschicksal zu leiten ... könnte man ihr nur den Wild-West etwas rascher abgewöhnen. Aber ... ich langweile Sie gewiss? Wollen Sie nicht noch tanzen?»

Nein, sie hatte keine Lust mehr, es war schon spät, gegen zwei Uhr, und lohnte sich nicht, noch einmal anzufangen. Es tat ihr wohl, hier sitzen zu bleiben, sich von unbekannten Menschen, die einen nichts angingen, erzählen zu lassen, und sie war jetzt ganz bei der Sache. Die drei Käuze mit ihren Onkelsorgen waren ganz unterhaltend.

Henning war unterdessen in dem Getümmel des Balles untergetaucht und kam lange nicht wieder. Er suchte nach der jungen Dame, erfuhr, dass sie Wera Erler hieß und ihr Vater ebenfalls ein Geschäftsfreund von Schönlank war, worauf er sich ihr vorstellen ließ und um einen Tanz bat. Sie hatte den Namen nicht verstanden, sah ihn neugierig an, mit denselben vergnügten Augen wie damals vor der Schule, und schien sich zu besinnen, ob sie ihn nicht schon einmal gesehen habe. Dann ließ sie sich wie ein gehorsames Kind stillschweigend und pflichtbewusst von ihm herumdrehen, sah ihn nochmals von der Seite an und erklärte bald, sie sei müde, sie habe heute schon so viel getanzt.

«So unterhalten wir uns ein bisschen», schlug Henning vor, «Sie erkennen mich wohl nicht wieder?»

«Doch, aber ich habe Ihren Namen nicht verstanden.»

«Der tut wenig dazu», meinte er ernsthaft, «aber ich habe mich einmal recht unhöflich gegen Sie benommen.»

«Sie?», sagte Wera ungläubig, «haben wir denn schon einmal mitsammen getanzt, diesen Winter?»

«Nein, es muss ja auch nicht beim Tanzen gewesen sein. Denken Sie einmal nach ... wir haben vor längerer Zeit eine kleine Mittagspromenade zusammen gemacht. Sie waren damals noch ein Backfisch, es ist etwas über ein halbes Jahr her. Dann wollten wir uns am Nachmittag treffen, es passierten alle möglichen Sachen, und ich konnte nicht kommen.»

Jetzt entsann sich das Mädchen allerdings, wer er war. Sie sah erregt an ihm vorbei, ob auch niemand in der Nähe sei und zuhöre, und erzählte dann, dass auch sie damals nicht an den verabredeten Ort gekommen sei. Man hatte sie nicht fortgehen lassen. Ein Bruder von ihr gehörte ebenfalls zum Selbstmordverein, war mit Georg befreundet gewesen, und alle Eltern waren in furchtbarer Aufregung. Mit dem Bruder hatte sie dann den ganzen Nachmittag zusammengesessen und über die Geschichte gesprochen. Er wusste auch, wo Georg und Hedy sich verborgen gehalten, aber er würde nie etwas darüber sagen. Henning ließ ihn sich beschreiben, es war jener schwarzhaarige, soignierte Junge, dessen er sich noch sehr wohl erinnerte.

An der Art, wie sie sprach, fühlte er, dass das alles schon wie etwas Halbvergessenes war, was nur zufällig wieder aufgerührt wurde – Jugendfreundschaft, die im Moment wohl intensiv empfunden wird, aber nichts Unersetzliches ist. Das störte ihn keineswegs, sondern tat ihm eher wohl. Sie war wirklich nur ein harmloses Gespenst und stand auf einer ganz gesunden menschlichen Basis. Jetzt zupfte sie an einer Palme, die hinter ihnen die Ecke füllte, hätte gerne etwas Tiefempfundenes gesagt, fand aber nicht das Richtige. Dann sah Henning, dass nicht weit von ihnen entfernt die Frau des Gastgebers stand und neben ihr der Kommerzienrat Schönlank, der ihn beobachtete. Ihm fiel ein, dass jener Weras Vater kannte, und er verlor plötzlich die Lust, noch weiter mit ihr zu sprechen.

«Nicht wahr, gnädiges Fräulein, das ist eine schlechte Ballunterhaltung», sagte er lächelnd, «und es schickt sich vielleicht auch nicht, dass wir so lange hier beisammenstehen. Ich bringe Sie jetzt zu Ihrem Papa zurück ... wenn der wüsste, dass wir einmal ein Rendezvous verabredet hatten.»

«Damals war ich ja noch ein Schulmädchen.»

«Und jetzt sind Sie erwachsen und würden nicht mehr darauf eingehen?»

«Wer weiß ...» Sie war nicht ganz zufrieden, dass er sie schon wieder abliefern wollte. Die abgeschworene Backfischromantik regte sich ... man könnte in einer Ecke sitzen und von Hedy sprechen.

«Und dann kommt zufällig Herr Schönlank herein ... Nein, wir wollen uns die Sache wenigstens noch überlegen. Da Sie gewiss die Absicht haben, diesen Winter viel zu tanzen, und ich ebenfalls viel mitmachen werde, treffen wir uns sicher noch an manchem Ballabend ... Man kann auch da von Hedy sprechen ... sie hat noch den letzten oder vorletzten Abend vor ihrem Tode mit uns getanzt.»

Davon hatte Wera gehört, es hatte sich herumgesprochen, man wusste nicht, durch wen. Jetzt wurde ihr alles wieder lebendig, sie fühlte etwas von dem dunklen Reiz, der über Hedys kurzem, verwegenem Leben und ihrem jähen Ende lag. Ihr Blick war ganz verändert, als sie noch einmal zu ihrem Begleiter aufsah. Aber der Papa, der Geschäftsfreund, spähte schon besorgt nach ihr aus, und Henning zog sich nach einigen höflichen Worten zurück.

Als er an einem der nächsten Tage in das Kaffeehaus kam, wo Augustin mit seinen Freunden tagte, hielt dieser ihnen gerade einen begeisterten Vortrag über Frau Käthe Tergens.

Er kannte sie zwar schon länger, hatte aber noch nie eingehender mit ihr gesprochen und meinte nun, hier sei endlich einmal alles beisammen, an äußerer Erscheinung, an Eigenschaften und den dazugehörigen Lebensumständen. Wie diese Frau sich zum Dasein verhalte, so verhalte sich auch das Dasein zu ihr und ebenso die Menschen, die mit ihr in Berührung kamen.

Die zwei anderen Herren, Leidhecker und Weintrapp, hörten zu, beglückt, dass endlich etwas so Harmonisches entdeckt worden sei und sozusagen unter ihnen weilte. Denn auch ihnen war Frau Tergens eine bekannte Erscheinung, nur war man sich noch nicht klar gewesen, was sie eigentlich zu bedeuten habe.

Erasmus war wie gewöhnlich mit seiner Aktenmappe erschienen, obgleich er das Büro schon lange vernachlässigte. Die anderen brauchten das nicht zu wissen, man setzte ja immer noch von allen Seiten Hoffnungen auf ihn, während er selbst fühlte, dass ihm der Boden unter den Füßen immer mehr entglitt. Die Aktenmappe wie manche andere Äußerlichkeiten, die ihn umgaben, waren nur noch Theaterrequisiten, auf die er immerhin noch einen gewissen Wert legte.

Er saß ganz zufrieden da und hörte zu, wie man Käthe entdeckte. Sie konnte ja auch einen von diesen dreien heiraten, dachte er, zum Beispiel Augustin, der sie sicher auf Händen tragen würde. Sie ist eigentlich doch immer die Perlenkette, die wir einander anpreisen. Sonderbar ist es mit dieser Frau, jeder ist entzückt von ihr und findet, der andere solle sie doch heiraten. Dabei bleibt sie immer allein und wir anderen ebenfalls.

Augustin lächelte mit seinen runden Augen:

«Für Elisabeth verspreche ich mir sehr viel von der Bekanntschaft mit Frau Tergens. Ich soll sie ihr bringen, sie hat uns auf einen Abend in der nächsten Woche eingeladen.»

«Gewiss wäre es von Vorteil für das Mädchen, wenn es entsprechenden Damenverkehr fände», meinte Weintrapp. Er hatte ein phlegmatisches Gesicht, glatt rasiert mit goldener

Brille. Übrigens waren sie alle drei glatt rasiert, das gehörte zu ihren gemeinsamen ästhetischen Prinzipien ...

Und Henning sagte: «Ich hätte sie ja längst mit Frau Käthe bekannt machen können, aber man hat mir Fräulein Elisabeth bis jetzt systematisch vorenthalten.»

«Gott bewahre, lieber Baron», und Augustin wurde beinah verlegen, «es bot sich nur noch keine Gelegenheit. Sie ist ja noch nicht lange hier, und ich halte es in meiner Eigenschaft als Onkel nicht für angebracht, sie mit ins Kaffeehaus zu nehmen.»

«Mit wem verkehrte sie denn bisher?»

«Das ist ja gerade der wunde Punkt, sozusagen mit niemand, außer mit einigen Schauspieleleven und -elevinnen. Sie nimmt, wie Sie wissen, neuerdings dramatischen Unterricht. Ferner wollte sie durchaus nicht in einer Pension wohnen, wie ich wünschte, sondern hat sich ein kleines Appartement genommen.»

«Sie meinte, es sei weniger kostspielig», erläuterte Weintrapp, der für die praktischen Fragen als Sachverständiger galt, «und so störe sie niemanden durch ihre Sprechübungen. Darin musste man ihr wohl beistimmen, aber andererseits war zu bedenken, ob nicht ihr Ruf durch diese freiere Lebensführung gefährdet wird.»

«Was meinen Sie dazu, Henning?», fragte Augustin. «Sie kennen unsere Gesellschaft besser als ich. Das Mädchen selbst hat leider aus Amerika ziemlich freie Ansichten über Verkehr und dergleichen mitgebracht.»

«Elisabeth ist ein Kind», sagte Leidhecker, der bisher noch keine Silbe gesprochen hatte. Er war ein schweigsamer Mensch, machte nur hier und da vereinzelte Bemerkungen oder fasste die Quintessenz eines Gespräches in irgendeiner sprichwortartigen Sentenz zusammen. Man nahm seine Aussprüche achtungsvoll entgegen, wie überhaupt in diesem kleinen Zirkel die Eigenart jedes Einzelnen mit Liebe kultiviert wurde.

Es folgte eine kurze Pause, während der Zigaretten angezündet wurden und Henning nach der Uhr sah. Die Nichte begann ihn zu langweilen, und Augustin kam wieder darauf zu sprechen, wo er mit ihr Besuche zu machen gedenke. Unweigerlich fiel dabei wieder der Namen des Kommerzienrats Schönlank, sein Haus gehörte zu denen, die in erster Linie in Betracht kamen. Die Käuze schätzten es einmütig wegen seiner vorzüglichen Diners, und außerdem galt es für den Sammelpunkt von allem, was sich auf schöngeistigem und künstlerischem Gebiet betätigte. Eine angehende Schauspielerin konnte sicher nichts Besseres tun, als dort Stammgast zu werden.

Henning ließ ihn ausreden, er sah ein, dass er dem Kommerzienrat doch niemals entrinnen würde, und beschloss, ihm demnächst einen Besuch zu machen.

Über dem Abend bei Käthe herrschte ein ausgesprochener Unstern. Sie hatte kurz vorher einen Bekannten aus früherer Zeit getroffen, einen älteren Schauspieler, der sich speziell für unfertige Talente interessierte, und ihn ebenfalls eingeladen, womit sie Augustin einen Gefallen zu tun dachte. Er kam schon etwas früher, um noch vor dem Eintreffen der anderen eine ruhige Stunde mit ihr zu verbringen. Aber Käthe stand grade am Telefon und war sehr präokkupiert. Sie hatte unerwartet ihr Mädchen entlassen müssen, wodurch dann auch die Köchin aus dem Gleichgewicht geraten war, und verhandelte mit Burmann, ob nicht Josias ihr für den Abend aushelfen könne.

«Setzen Sie sich, Herr Werner», sagte sie und lächelte dem Eintretenden zu, «oder gehen Sie umher und schauen sich meine Zimmer an.»

Er aber zog es vor, neben ihr stehen zu bleiben und ihr die unbeschäftigte Hand zu küssen.

«Also, Hans, könnt ihr mir Josias zur Aushilfe schicken?»

«Unmöglich», kam es zurück, «er hat heute Ausgang und ist schon fort. Was sind denn das für Feste, zu denen wir nicht eingeladen werden?»

«Nur Augustin mit der Elisabeth und noch jemand», antwortete sie ärgerlich. «Gott sei Dank, dass ihr nicht auch noch kommt. Was sprichst du denn da? Ist Erasmus auch dort?»

«Ja», sagte dieser und erbot sich, an Josias' Stelle zu kommen und ihr zu helfen. Käthe lachte und versicherte, sie könne ihn nicht brauchen, aber er bestand darauf und wollte wissen, wer der Unbekannte sei.

«Das kann ich jetzt nicht erklären, weil er neben mir steht und zuhört.»

«Das dulden wir nicht», sagte Erasmus, «also ich komme auf jeden Fall.»

Endlich hängte sie den Hörer wieder ein und konnte sich ihrem Gast widmen. Er stand mit gekreuzten Armen da und wartete.

«Entschuldigen Sie ...»

«Aber ich schwärme dafür, Telefongespräche anzuhören», sagte er, «die fehlende Hälfte macht es so hübsch geheimnisvoll. Und die kühne Selbstverständlichkeit, mit der der Sprechende ins Leere hineinredet ... Der Zuhörer dagegen wird nie wissen, was da eigentlich verhandelt wird. Wer zum Beispiel ist der Mann mit dem biblischen Namen, Josua oder Josias, der anscheinend einen anderen ersetzen soll ...»

«Ein alter Diener», erläuterte Käthe, «ferner Hans, ein Jugendfreund – Erasmus, ein Baron ...»

«Und da wollen Sie mich glauben machen, es handle sich nur um Hausfrauennöte ... und wer ist denn Augustin?»

Als sie ihm nun gerade auseinandersetzte, was es mit Augustin für eine Bewandtnis habe und dass sie seinetwegen mit ihrem Souper zu glänzen wünsche, kam von diesem eine Botschaft, dass er durch eine starke Erkältung verhindert sei, wenn sie aber nichts dagegen habe, würde Elisabeth alleine kommen.

«So spielt das Leben», sagte der alte Schauspieler befriedigt. «Augustin, um dessentwillen man so viele Ängste aussteht, sagt ab. Ich dagegen, der geringschätzig als ‹noch jemand› bezeichnet wurde, bin hier und denke nicht zu weichen, auch wenn das ganze Programm umgestürzt wird.»

Käthe war im Grunde ganz zufrieden, sie ging hinaus, um die Köchin zu beruhigen, dass der gefürchtete kritische Gast nicht käme, und machte sich dann daran, selbst den Tisch zu decken, wobei ihr Werner in bester Laune an die Hand ging.

Erasmus hatte sich unterdessen gleich auf den Weg gemacht. Er wusste, dass sie ihre Gäste um acht Uhr erwartete, und dachte noch rechtzeitig anzukommen. Eben vor ihm trat ein junges Mädchen in das Haus, er holte sie auf der ersten Treppe ein und wollte rasch vorüber, als sie stehen blieb und ihn ansah. Sie war blass, brünett, eine lange losgelöste Locke fiel ihr über die Stirn, und sie warf sie mit einer brüsken Kopfbewegung zurück. Dann lächelte sie und war sichtlich etwas erschrocken.

«Lucy?», sagte Henning vollkommen verwirrt. Er begriff nicht gleich, dass sie plötzlich hier vor ihm auf der Treppe stand. «Wie kommen Sie hierher?»

«Was meinen Sie damit», gab sie in großer Verlegenheit zurück. «Ich heiße Elisabeth Augustin. Mir scheint, Sie verwechseln mich mit jemand anders.» Damit ging sie rasch und energisch die Stufen hinauf, es schien sie zu reizen, dass er ihr folgte, und sie funkelte ihn zornig mit den Augen an, als er ebenfalls im zweiten Stock vor Käthes Tür haltmachte.

«Einen Moment, bitte», sagte er nun, als sie anläuten wollte, stellte sich vor und bemerkte, er sei ebenfalls bei Frau Tergens eingeladen und ein Freund ihres Onkels.

«Ja, ich weiß jetzt, wer Sie sind», antwortete sie und errötete bis unter die Locke, die schon wieder in die Stirn fiel. «Aber ich dachte vorhin, als Sie mich so plötzlich anredeten, Sie wollen sich einen Scherz machen.» Sie brach ab und drückte auf die Klingel.

Käthe kam selbst aufmachen, begrüßte beide, bedauerte, dass der Onkel nicht kommen könne, und war sehr herzlich und eilig. «Erasmus, helfen Sie Fräulein Augustin ablegen, ich habe noch einen Moment zu tun, gehen Sie in das kleine Zimmer ... Ja, also ... Baron Henning – Fräulein Augustin ... aber Sie haben wohl schon auf der Treppe Bekanntschaft gemacht?»

«Ja», sagte Henning, Käthe verschwand, und man hörte ihre und des Schauspielers sonore Stimme im Esszimmer. Henning nahm dem jungen Mädchen den Mantel ab, dann stand sie vor dem Spiegel und schob ihre widerspenstigen schwarzen Haare zurecht. Er sah mechanisch zu, musterte jede Einzelheit ihrer Gestalt und ihrer Toilette, die einen etwas lässigen Eindruck machte. Das an sich elegante dunkle Abendkleid war nicht mehr ganz auf der Höhe, vor allem der Halsausschnitt war mit einer gewissen Verwegenheit arrangiert, als sei im letzten Moment noch etwas geändert worden, und die seidenen Schuhe sahen aus, als dienten sie gelegentlich auch zum Spazierengehen. Nun wandte sie sich ihm zu, ein reizvolles Gesicht mit lebhaften, unregelmäßigen Zügen. Nein, da war kein Zweifel möglich, dieses Gesicht kannte er. Aber es war jetzt nicht Ort und Zeit, um dem Zusammenhang nachzugehen. Er führte sie in das Zimmer, gleich darauf erschienen auch Käthe und Herr Werner, und man ging zu Tisch.

Es gab viel Gelächter und einiges Durcheinander, da alle der bedrängten Hausfrau beispringen wollten. Elisabeth fand sich rasch hinein, um so mehr, als man sie von vornherein nicht als Fremde behandelte. Henning übernahm allen Ernstes die Bedienung und duldete nicht, dass die Damen sich betätigten. Er servierte geschickt wie ein gelernter Kellner und brachte die Köchin, die das unziemlich fand, in große Verlegenheit, besonders, wenn er die leeren Schüsseln zurückbrachte. Werner dagegen war begeistert und meinte, er sähe jetzt ein, dass auch ein Baron zu etwas gut sein könne, und wo er das gelernt habe.

«Meinem alten Josias abgesehen», sagte Henning. «Ja, es ist nichts mehr mit den Vorurteilen der Kaste, Herr Werner. Meinen Sie nicht auch, ich könnte noch ganz gut als Oberkellner Karriere machen, wenn alle Stränge reißen?»

Der hielt das für einen harmlosen und billigen Scherz.

«Ja, sie reißen, Herr Werner, sie reißen, sie sind eigentlich schon gerissen», fuhr Henning fort in dem melancholisch wohlerzogenen Ton eines Kellners, der mit seinem Gast über das Leben redet, und reichte ihm den Salat.

«Pfui, Erasmus», rief Käthe dazwischen, sie konnte diesen Ton bei ihm absolut nicht leiden.

Dann erwachte in Werner der Regisseur, er machte darauf aufmerksam, wie diese oder jene Bewegung auf der Bühne gemacht werden müsse. Das Gespräch kam auf das Theater, und Werner erklärte sich bereit, Elisabeth nachher ein wenig zu examinieren.

«Geht nur schon hinüber», schlug Käthe vor, «wir werden hier inzwischen Ordnung schaffen.»

Werner und Elisabeth gingen in den Salon, und es dauerte nicht lange, so hörte man lebhaftes und lautes Sprechen. Erasmus hatte sich wieder auf seinen Platz gesetzt: «So, Käthe, lassen wir die beiden nur deklamieren und trinken wir in aller Ruhe noch ein Glas Wein zusammen. Wie finden Sie das Mädchen?»

«Ich finde gar nichts mehr. Ich bin ganz müde, es ist mir zu ungewohnt, mich für meine Gäste so anzustrengen. Gott sei Dank, dass Augustin nicht kam, meine Harmonie geht schon an einem fehlenden Dienstboten in die Brüche.»

«Mehr Temperament!», rief nebenan Werner mit klangvoller Donnerstimme.

«Hat sie welches?», fragte Käthe ermattet, «sie sieht entschieden so aus, und die Käuze beklagen sich ja auch darüber. Bei Tisch fand ich allerdings ihr Benehmen eher schüchtern und gezwungen.»

«Die Käuze mochten dennoch nicht unrecht haben», sagte Erasmus in gedämpftem Ton. «Ich bin wieder einmal im Zweifel, ob ich Ihnen etwas erzählen soll.»

«Was ist denn nun wieder? Sie machen mich wirklich nervös, Erasmus. Ich will lieber nichts mehr mit Ihren Geschichten zu tun haben.»

«Es sind gar nicht meine Geschichten, sie passieren mir nur.»

«Also ...»

«Also diese Elisabeth ist identisch mit Lucy ... vielmehr mit der Dame, die ich neulich in der Bar für sie gehalten habe.»

«Sie haben wohl tatsächlich schon Halluzinationen», sagte Käthe und schüttelte ihre müde Zerstreutheit ab.

«Nein, dies war keine – ich erkannte sie gleich wieder, als ich sie auf der Treppe traf, und jetzt bin ich meiner Sache vollkommen sicher. Sie hat sogar dasselbe Kleid an.»

«Und hat sie Sie auch wiedererkannt?»

«Zweifellos, aber sie will nichts davon wissen.»

«Das ist nun allerdings eine unangenehme Geschichte», meinte Käthe nachdenklich. Dann wurden sie unterbrochen, der alte Josias kam, er war von seinem Ausgang zurückgekommen und wollte fragen, ob man seiner noch bedürfe. So überließ man ihm das Weitere und ging zu den anderen hinüber.

Elisabeth wollte schon um zehn aufbrechen, sie habe morgen früh Unterricht, sagte sie, und müsse ausschlafen. Dann sträubte sie sich in fast auffälliger Weise gegen Hennings Begleitung, sie wolle keine Störung verursachen und sei gewöhnt, allein zu gehen. Schließlich bat sie, man möchte ihr ein Auto rufen, und hoffte, auf diese Weise allein fortzukommen. Es geschah, aber Henning begleitete sie hinunter und stieg dann ohne Weiteres mit ein.

«Was war denn das jetzt?», sagte Werner, der mit Käthe allein geblieben war, «sie wollte nicht, absolut nicht, und der Baron sah sie die ganze Zeit wie ein Tierbändiger an. Dann fährt sie davon, und er verschwindet ebenfalls. Ihnen ist auch irgendetwas nicht ganz recht – ... Ja, das Leben ...», und er tat ein paar große Schritte auf und ab. «Ihr Jugendfreund heißt Burmann, wie ich vorhin hörte – war es nicht auch ein Burmann, der junge Mensch, der sich umbrachte?»

«Ja, sein, Vetter.»

«Nun, mir scheint, es geht um Sie herum ganz interessant zu. Komplizierte Menschen und komplizierte Ereignisse.»

«Ach nein», sagte Käthe bedrückt, «wir sind alle ganz gewöhnliche Menschen, aber der liebe Gott spielt ein bisschen Verhängnis mit uns.» –

Henning hatte sich auf dem Rücksitz niedergelassen, um dem jungen Mädchen ins Gesicht sehen zu können.

«Was meint also Herr Werner zu Ihren schauspielerischen Leistungen?»

«Er war ganz zufrieden», erwiderte sie unruhig, «und möchte mit meinem Onkel sprechen. Eine lange Rede hat er mir darüber gehalten, ich sei noch zu unruhig und sprunghaft, aber an Talent fehle es mir nicht.»

«Nein, das glaube ich auch», sagte Henning langsam und betont.

«Wie wollen Sie das wissen?»

«Nun, Sie haben Ihre Rolle damals und heute Abend wieder recht gut gespielt. Aber ich werde keinesfalls mit Ihrem Onkel darüber sprechen.»

Wieder traf ihn ein unruhiger Blick, und sie versuchte überlegen zu lächeln. «Wissen Sie, Herr Baron, ich habe schon öfters von Ihnen sagen hören, Sie wären ein sonderbarer Mensch. Mit mir sind Sie wirklich nun recht sonderbar. – Was wollen Sie eigentlich von mir?»

«Und warum sagen Sie das so gereizt? – Das war ungeschickt. Ihr Talent versagt doch manchmal. Dagegen wäre es kein übler Effekt, wenn Sie jetzt sagen wollten, dass Sie mich wiedererkannt haben.»

«Nun ja», sagte Elisabeth mit einem raschen Entschluss, «ich habe Sie gleich wiedererkannt, aber Sie verstehen wohl, dass es eine unangenehme Situation für mich ist.»

Beide schwiegen. Das Auto fuhr langsam, da noch viel Verkehr auf der Straße war, und Elisabeth sah mit ihren lebhaften Augen zum Fenster hinaus, als ob sie das sehr interessierte.

Sie ist leichtsinnig und gefasst, dachte Henning, dann beugte er sich ein wenig vor und sagte mit einem Lächeln: «Also – – Lucy.»

Sie zuckte leicht zusammen: «So sagen Sie mir jetzt, bitte, warum haben Sie mich immer so genannt. Ich habe Ihnen schon mehrmals gesagt, dass ich nicht so heiße.»

«Darauf habe ich nicht geachtet, ich war den Abend nicht ganz normal, wie Sie vielleicht auch bemerkt haben. Die Art unserer Bekanntschaft war ja auch nicht grade normal oder, sagen wir, nicht die in unseren Kreisen übliche.»

Elisabeth sah sehr jung und ziemlich beschämt aus und fragte: «Ich weiß. Es ist wohl eine dumme Frage, wenn man sich so benimmt wie ich damals, aber sagen Sie mir bitte: Für was haben Sie mich eigentlich gehalten?»

«Für Lucy, wie Sie schon wissen.»

«Wer ist das?», fragte sie weiter – «das heißt also, Sie haben mich mit einer anderen verwechselt?»

«Wenn man es so nennen will, ja. Es tut mir leid, eine so ungalante Tatsache zugeben zu müssen.»

«Geschieht mir ganz recht», sagte das Mädchen plötzlich mit amerikanischer Nüchternheit. «Ich weiß ja selbst nicht, was mir damals eingefallen ist. Ich habe mich so gelangweilt, seit ich hier bin, und bekam auf einmal Lust, mich unsinnig zu amüsieren. Was geschehen ist, kann man nicht mehr ändern. Aber ich weiß schon – – –»

Sie wurde, während sie sprach, immer lebhafter und zutraulicher, wie ein Kind, das seine ungezogenen Streiche erzählt und bis zu einem gewissen Grade auf Verständnis rechnet. «... Ich fürchte überhaupt, ich bin leichtsinnig, und das nimmt einmal ein schlechtes Ende.»

«Ja», sagte Henning, «man darf sich einen solchen Leichtsinn nicht leisten als junge Dame, die zur Gesellschaft gehören will. Von mir haben Sie nichts zu befürchten, aber dass Sie gerade an mich gerieten, war nur ein liebenswürdiger Zufall.»

«Und Sie? Verachten Sie mich jetzt nicht, wie die Mädchen in Romanen immer fragen?»

«O nein, dazu bin ich, abgesehen von allem anderen, viel zu höflich. Darf ich ganz offen mit Ihnen reden? – Sind Sie erst eine berühmte Schauspielerin, so machen Sie, was Sie wollen, da sieht man Ihnen durch die Finger und nimmt von vornherein an, dass Sie kein Musterleben führen. Einstweilen aber sollten Sie sich Ihrer Existenz als beschütztes junges Mädchen anpassen, sonst kommen Sie unter die Räder. – – Sonderbarerweise komme ich öfters in die Lage, derartige Mahnreden zu halten. – Ihr jungen Mädchen seid eine schwierige Sache. Man möchte so gerne sagen: Amüsiert euch nur, Kinder, das Leben ist kurz genug, aber man darf nicht.»

«Wenn es nun aber nicht mehr zu ändern ist», sagte Elisabeth wieder mit einer Beimischung von Eigensinn, und Erasmus maß sie mit einem langen Blick, während ihr eine heiße Röte ins Gesicht stieg.

«Wir sind jedenfalls in eine wunderliche Beziehung zueinander geraten, und ich denke gerade darüber nach, wie wir uns da aus der Affäre ziehen.»

Er machte eine Pause und dachte an ganz andere Dinge: «Sagen Sie mir, bitte, noch das eine: Haben Sie hier – nach dem Vorher frage ich nicht – schon öfters solche Abendunternehmungen gemacht, und dann – wie kamen Sie zu dem schwedischen Herrn?»

«Den kenne ich aus der Pension, wo ich zuerst wohnte – und es ist nichts dahinter. Ich war an dem Abend im Theater, zum ersten Mal allein, sonst hat mich immer einer von den Onkeln begleitet. Da traf ich ihn, er lud mich ein, mit ihm zu essen. Gott, und dann bekam man Lust, noch etwas zu unternehmen, und wir gingen in die Bar ...»

Das Auto hielt.

«Wir sind schon da. Trinken Sie noch eine Tasse Tee bei mir», sagte Elisabeth hastig. «Ich habe jetzt eine eigene Wohnung.»

«Ja, ich möchte wohl noch etwas weiter mit Ihnen sprechen.»

Man stieg aus, und sie führte ihn in ihre Wohnung, die erst flüchtig eingerichtet war und den Eindruck machte, es würde wohl auch so bleiben. Alles lag und stand ein wenig achtlos durcheinander.

«Es war noch nie Besuch hier», entschuldigte sie sich, «ich gehe morgens früh fort zum Unterricht und nachmittags zum Zuschauen in die Theaterproben. So wird es hier immer noch nicht fertig.»

Ihre Mutter war sicher noch eine Indianerin, dachte Henning, die irgendwo im Urwald ihren Haushalt führte. Ich fange an, die Sorgenfalten der Käuze zu verstehen.

Das Mädchen mochte seine Gedanken erraten und sagte, die Onkel kämen nie hierher, und es habe einen großen Kampf gekostet, bis man sie alleine wohnen ließ.

Im Nebenraum sah man ein Bett und einen großen Spiegel. Henning räumte nachsichtig einige Kleider von einem breiten Sessel, während Elisabeth Hut und Mantel nebenan auf das Bett warf und dann die Tür hinter sich zuzog. Dann sollte sie weiter von dem Schweden erzählen, aber sie hatte ihn nur einmal auf der Straße gesehen, ehe er abreiste, und wusste sonst nichts über ihn.

«Was sagte er denn über den Verlauf des Abends?»

«Er fand, ich hätte ihn schnöde behandelt, aber er lachte darüber, besonders, dass Sie ihn so zornig behandelten und dass Sie mich beständig Lucy nannten. Dann meinte er, er sei Ihnen früher schon einmal begegnet, wusste aber nicht, wer Sie wären.»

«Ah, das wollten Sie also von ihm erfahren. Es ist doch recht schlimm, Elisabeth – Sie wussten nicht einmal, wer ich sei.»

«Ja», gab sie kleinlaut zu, «er war auch sehr neugierig und fragte alles mögliche. Ich habe ihm nur gesagt, Sie wären nachher ganz vernünftig geworden und hätten mich ganz korrekt nach Hause gebracht.»

«Und jetzt? Sehen Sie mich nur nicht so unglücklich an. Unser Abenteuer ist etwas eigenartig, hat aber den Vorteil, dass niemand außer uns beiden darum weiß. Ich schlage Ihnen vor, wir ignorieren es und verkehren weiter miteinander, als ob nichts geschehen sei. Ihre drei Onkel wissen, dass ich Sie bei Frau Tergens kennengelernt habe, wir werden uns nun wohl öfters sehen und uns zwanglos begegnen, wie das in unseren Kreisen üblich ist. Vielleicht werden wir noch ganz gute Freunde ... Oder finden Sie, dass ich Sie nach dem, was vorgefallen ist, heiraten müsste? Ich kann Ihnen nur davon abraten – aus allen möglichen Gründen.»

Ihr kam dieser Gedanke so unerwartet, dass sie hell auflachte.

«Nein, das brauchen Sie nicht. Ich glaube, ich bin überhaupt keine Frau zum Heiraten.» Dann fügte sie ernster hinzu: «Ich war damals wirklich etwas verliebt in Sie, und es reute mich, dass ich nicht einmal wusste, wer Sie waren.»

«So?», sagte Henning und sah sie scharf an: «Das war aber doch Ihre eigene Schuld. Sprechen wir nicht mehr davon. Und jetzt ist es vorbei?»

«Ja – ich danke Ihnen, dass Sie die Sache so gentlemanlike geordnet haben.»

Er stand auf, um zu gehen, und gab ihr die Hand: «Sie sind eigentlich ein liebes Mädel, Elisabeth, aber geben Sie mehr acht auf sich. Schaffen Sie zum Beispiel das Chaos hier in Ihrer Wohnung ab und überhaupt – Chaos tut niemals gut, vor allem in äußeren Dingen. Ich fühle jetzt beinah so etwas wie Verantwortung für Sie ...»

Sie nahm die Lampe und leuchtete von der Treppe aus, bis er die Haustür gefunden hatte. Er sah sich unten noch einmal um, ihr warm getöntes, lebhaftes Gesicht lächelte, und sie warf die Locke zurück – Henning nickte ihr zu, und unterwegs fiel ihm ein, dass er ihr ja noch von Lucy erzählen wollte und manches andere. Aber man würde nun wohl öfters zusammenkommen, und das war ihm ein ganz sympathischer Gedanke.

Es kam dann auch so, dass sie sich in der nächsten Zeit häufig sahen, aber das gemeinsame Abenteuer wurde nicht mehr erwähnt. Henning begegnete ihr mit Korrektheit, die sogar einen Anflug von Strenge hatte. Er rügte ihr zerfahrenes Wesen und hatte jeden Augenblick etwas an ihrer Toilette oder ihrem Benehmen auszusetzen. Sie lachte dann wohl, nahm es sich aber doch mehr zu Herzen, als wenn ihre bisherigen Beschützer sie zu erziehen versuchten. So bemühte sie sich, ihre Wohnung besser instand zu setzen, und lud ihn dann ein, sie einmal wieder zu besuchen. Aber er lehnte es kurzweg ab, man traf sich immer nur in Gesellschaft der anderen oder machte nach ihrer Theaterstunde einen Spaziergang miteinander.

Werner war inzwischen wieder abgereist, nachdem er Doktor Augustin kennengelernt und des längeren mit ihm über seine Nichte gesprochen. Er hatte sich inzwischen noch eingehender mit ihr beschäftigt und äußerte sich in unbestimmten Ausdrücken. Gewiss, es sei alles mögliche da, was sich entwickeln und herausbilden ließe, aber auch ihm gab die eigenwillige Sprunghaftigkeit des Mädchens zu denken. Wenn man eine Rolle mit ihr durchnahm, war sie manchmal ganz bei der Sache und zeigte die besten Ansätze, aber gleich darauf hatte sie Gott weiß was für andere Gedanken im Kopf und war zu nichts mehr zu brauchen. «Strenge künstlerische Zucht tut ihr not», sagte Werner, «und Abschleifen in jeder Beziehung. Vielleicht ein rauer Diamant, der die Mühe lohnt, vielleicht auch nur ein hübscher blanker Kieselstein.»

Das gab den Käuzen viel zu denken und zu reden. Sie hatten zwar schon häufig ähnliche Erwägungen gemacht, aber sie waren dabei unter sich gewesen. Das Problem war sozusagen in der Familie geblieben, jetzt begannen sich auch andere dafür zu interessieren, das störte und beunruhigte sie.

Eines Nachmittags saß Henning wieder bei ihnen, und zufällig hatte sich auch Käthe eingestellt, was sonst selten vorkam.

«Was macht Ihr Diamant?», fragte Henning, «geht es gut vorwärts mit dem Abschleifen?» Er hatte Elisabeth in der letzten Woche nur flüchtig gesehen. Aber Augustin war herzlich schlechter Laune und sagte mit einem Anflug von Galgenhumor, der eine neue Erscheinung an ihm war: «Nein, wir kommen nicht damit zurande. Entweder muss ich jetzt heiraten, damit das Mädchen eine Art Familie hat, oder man muss sie selbst unter die Haube bringen, mit einem Mann, der sie zu beeinflussen weiß.»

Weintrapp und Leidhecker wechselten erstaunte, befremdete Blicke, solche gewaltsame Scherze lagen sonst gar nicht in seinem Stil. Er fühlte das auch selbst und lenkte wieder in die gewohnte, an diesem Stammtisch herkömmliche Redeweise ein: «Ich gedachte hiermit keine Frivolität zu sagen, sondern meinte es ganz im Ernst», sagte er. «Das Kaffeehaus ist zwar nicht der geeignete Ort, um darüber zu sprechen, aber da wir hier unter uns sind ... Kurzum, Sie wissen, dass Elisabeth inzwischen einige Bälle besuchte, und bei dieser Gelegenheit hat ein Herr sie kennengelernt, der sie zu heiraten wünscht. Ich möchte selbstverständlich noch keinen Namen nennen, aber er war schon bei mir, hat nicht grade direkt um sie angehalten, sondern – wie soll ich sagen – mich nur darauf vorbereitet, dass dieses geschehen würde, sobald er sich ihrer Zustimmung einigermaßen sicher fühlt ...»

Käthe musste unwillkürlich lachen, dieser vorsichtige Bewerber würde sich sicher gut mit den Käuzen verstehen. Henning aber ärgerte sich. Da wurde so viel über das Wohl und Wehe dieses Mädchens geschwätzt, und schließlich war es doch allen am bequemsten, sie mit dem ersten besten Trottel zu verheiraten. Er hatte sie gern und fand es schade um sie. Sie war ein warmherziges, impulsives Wesen und zeigte ihm gegenüber eine fast kindliche Anhänglichkeit. Er nahm sich vor, sich wieder mehr um sie zu bekümmern, eben jetzt hatte er sie ein wenig vernachlässigt, weil ihm andere Dinge im Kopf lagen.

«Was sagt sie denn selbst dazu?», fragte er brüsk.

«Das eben», sagte Augustin, «das eben hat mich ein wenig aus der Fassung gebracht. Sie lachte erst und fragte, ob er Geld habe, viel Geld, und schilderte mir aufs Ausführlichste, wie sie sich dann das Leben zu gestalten wünsche. Dann wurde sie wieder ernst, sagte, sie dächte gar nicht daran und fände den betreffenden Herrn unausstehlich. Ferner erklärte sie mir noch an demselben Tage, vom Theater habe sie vorläufig genug, es habe sie anfangs gelockt und gereizt, aber als dauernder Beruf sei es eben doch nichts für sie. Jetzt sehne sie sich nur danach, Musik zu treiben. Sie ist tatsächlich musikalisch recht begabt, aber es wird allmählich eine Kalamität mit all ihren Talenten und dem gänzlichen Mangel an Ausdauer ... Nach dieser Aussprache ist sie dann nicht mehr bei mir gewesen, so suchte ich sie dieser Tage in ihrer Wohnung auf» – Augustins Augen weiteten sich, als habe er dort ganz ungewöhnliche Eindrücke erlebt –, «sie sitzt den ganzen Tag am Klavier und spielt. Nein, das kann nicht so weitergehen.»

«Elisabeth ist ein Kind», sagte der schweigsame Leidhecker, «das meinte die Frau Kommerzienrat auch – ich sprach gestern mit ihr über die Aufführung, bei der Elisabeth jetzt plötzlich nicht mehr mitwirken will.»

Käthe fragte, um was für eine Aufführung es sich handle, und Augustin erzählte, es solle im Hause Schönlank ein Diner gegeben werden mit nachfolgenden künstlerischen Darbietungen, an denen sich auch talentvolle Dilettanten beteiligten.

Man vertiefte sich in Einzelheiten, das Gespräch drehte sich nun endlos und ausschließlich um dieses Diner sowie die kulinarischen und künstlerischen Genüsse, die es bieten sollte. Die Käuze hatten einige interessante alte Rezepte ausgegraben und sie ausführlich mit der Frau Schönlank besprochen, Elisabeth hatte schon mit jenem Herrn, der sich um sie bewerben wollte, eine Rolle geprobt und musste unter allen Umständen dazu bewogen werden, ihren Widerstand aufzugeben. Auch an Henning wandte Augustin sich mit einer dringenden Ermahnung, die Einladung nicht auszuschlagen. Er antwortete ausweichend und brach gleich danach auf.

«Lassen Sie ihn doch mit Schönlank zufrieden», sagte Käthe, als er gegangen war, «er mag die Leute nicht, und das Zureden verstimmt ihn nur.»

«Es ist aber tatsächlich von Wichtigkeit für ihn, gnädige Frau ... Ich kann Ihnen das nicht im Einzelnen auseinandersetzen, es ist gewissermaßen noch Geschäftsgeheimnis. Nur so viel möchte ich sagen, dass der Kommerzienrat von den besten Absichten für unseren gemeinsamen Freund erfüllt ist, wenn ihm dieser nur ein weniges entgegenkommen wollte.»

«Etwa eine von seinen Töchtern zur Baronin machte – ja, das glaube ich gern.»

«Sie tun dem Mann unrecht. Er ist, wie ich ihn kenne, durchaus kein berechnender Charakter. Seine Eitelkeit, wenn man es schon so nennen will, liegt auf ganz anderem Gebiet. Er ist ein mächtiger und einflussreicher Mann, und wo er einmal Sympathie für jemanden gefasst hat, macht es ihm die größte Freude, jene beiden angenehmen Dinge für ihn geltend zu machen.»

«Warum hat er nur diese auffallende Sympathie für Henning», meinte Käthe nachdenklich.

«Viele haben Sympathie für ihn», bemerkte Leidhecker, «aber er hat keine Verwendung dafür.»

Augustin liebte es nicht, wenn man ihn durch Zwischenbemerkungen störte, er quittierte daher diese nur mit einem flüchtigen Lächeln und fuhr dann fort, wie schon gesagt, könne er keine Einzelheiten darüber sagen, aber Schönlank habe eine Stellung für ihn im Auge, welche für Henning den Ausweg aus allen Schwierigkeiten bedeute.

«Meinen Sie denn, dass er überhaupt in einer Stellung irgendetwas leisten wird?»

Ihre Frage klang sehr ungläubig.

«Der Baron ist begabt», sagte Leidhecker, und Weintrapp, der Zeitungen las, nickte zustimmend.

«Selbst das wäre hier nicht einmal nötig. Für die Leistungen sind andere Leute da. Er braucht nur zu repräsentieren, vorhanden zu sein und, ich wiederhole, dem Herrn Schönlank ein wenig entgegenzukommen.»

Auch diese beiden Fähigkeiten traute Käthe ihm nicht recht zu, aber sie sprach das nicht aus.

«Reden Sie ihm zu», sagte Augustin geheimnisvoll und eindringlich. «Tun Sie Ihr möglichstes, gnädige Frau, dass Henning das Diner nicht versäumt. Man legt Wert darauf, dass er gerade bei dieser Gelegenheit erscheint.»

«Gewiss, gerne, soweit ich da etwas ausrichten kann. Wenn man Ihnen heute zuhört, lieber Doktor, möchte man beinah glauben, dieses Diner sei eine magische Veranstaltung, wo jeder, der ernstlich danach trachtet, sein Lebensglück ausgehändigt bekommt – Ihre Nichte, Henning –, vielleicht findet sich auch für mich noch etwas.»

«Sie brauchen es nicht, Frau Käthe ...»

Sie war schon aufgestanden, Augustin begleitete sie bis an den Ausgang: «Allen Scherz beiseite, gnädige Frau», sagte er, «ich hatte kürzlich einen Brief von dem alten Baron, er macht sich schwere Sorgen um seinen Sohn – und ich auch. Durch einen Zufall habe ich allerhand über ihn erfahren, ich fürchte, er ist da in Dinge hineingeraten, die ihm den Hals brechen können, wenn nicht etwas geschieht ...»

«Wenn er nicht zum Diner des Kommerzienrats geht», antwortete Käthe mit einer Nuance von Gereiztheit. «Gewiss ja, er hat auch mir gegenüber so etwas geäußert. Es scheint, dass er spielt – was weiß ich. Es wird auf die Dauer langweilig und ermüdend, wenn ein ausgewachsener Mensch immer Sorgenkind bleibt.»

Und als sie Henning das nächste Mal traf, sagte sie ihm: «Nun, wie steht's? Sie werden doch hingehen ... zu Schönlanks, meine ich. Man will Sie retten. Ich weiß nicht, inwieweit Sie Rettung brauchen, aber überlegen Sie es sich rechtzeitig. Natürlich gehe ich auch hin, und wenn wir einen stimmungsvollen Platz finden, können wir ja wieder einen Annäherungsversuch machen ... Übrigens werde ich Hans

Burmann heiraten, um diese Frage endlich aus der Welt zu schaffen.»

Henning lachte: «Aber Käthe, was ist denn in Sie gefahren? Sie werden ja ganz brutal. Natürlich wünsche ich Ihnen alles Glück und Hans ebenfalls.»

Er machte seinen Besuch bei Schönlanks und wurde mit strahlender Liebenswürdigkeit empfangen. Dann gab es eine längere Privatunterhaltung mit dem Kommerzienrat, der ihn ungemein vorsichtig behandelte und sich nur in Andeutungen erging. So sondierte er flüchtig, ob Henning wohl gewillt sei, es mit einer Stellung zu versuchen, die nur geringe Ansprüche an Fachkenntnis stellte, aber diese und jene Vorteile böte – deutete an, dass er Gelegenheit haben würde, die maßgebenden Persönlichkeiten bei dem geplanten Fest kennenzulernen – es sei auch dies nur Formsache, als solche aber von Wichtigkeit.

Henning war an diesem Vormittag in friedfertiger Stimmung und ließ alles mit stummer Resignation über sich ergehen. Nur als Schönlank äußerst behutsam andeutete, dass sich wohl auch ein Modus finden würde, pekuniäre Schwierigkeiten zu arrangieren, zuckte er ein wenig und dachte an den Pferdefuß. Wenn dieser Mann wirklich genau über ihn orientiert war, musste etwas ganz Besonderes dahinterstecken, oder aber er war von einer sinnlosen Nächstenliebe besessen.

Vielleicht hatte Schönlank dieses Zucken bemerkt, denn er sprang rasch wieder von dem heiklen Punkt ab, erzählte von den künstlerischen Darbietungen des Abends und erwähnte so nebenbei, es werde auch ein schwedisches Tänzerpaar erwartet, das schon voriges Jahr hier geweilt habe, ohne jedoch aufzutreten. Er nannte auch die Namen, und Henning fiel dabei die Visitenkarte des verdammten Schweden ein ... spätestens am 15. Februar. Es stimmte alles ganz genau und war vielleicht ein eigentümliches Zusammentreffen, aber er wunderte sich nicht darüber. Der Kommerzienrat war sichtlich dazu ausersehen, sein Schicksal in die Hand zu nehmen und ein ganzes Füllhorn erwünschter Dinge über ihn auszuschütten. Nur kam er wahrscheinlich damit zu spät.

Es war Mittag vorbei, als sie sich unter herzlichem Händeschütteln trennten. Der Kommerzienrat begab sich zu seiner Familie, und Henning ging nach Hause. Man hatte Elisabeth eingeladen, und er fand sie und Burmann schon bei Tisch. Die beiden verstanden sich ausnehmend gut, und Henning machte eine Bemerkung darüber, als er in das Zimmer trat. Er meinte, sie sähe heute ganz besonders artig und gesetzt aus, gewiss habe Burmann ihr gerade wieder eine ihrer neuesten Launen ausgeredet, sogar die Locke, in der ihr ganzer Eigensinn stecke, sei ausnahmsweise am rechten Platz. Worauf das Mädchen mit raschem Aufblick antwortete: ja, hier im Hause sei ihr am allerwohlsten, und dann verhielten sich auch ihre Launen und Locken ruhiger.

Dann erzählte Henning von seinem Besuch, erklärte ohne Weiteres, Elisabeth möchte jetzt ihre Proben wiederaufnehmen, es sei eine ausgemachte Sache, dass sie alle beide das Fest mitmachen würden. Wenn er zu Kreuz krieche, solle sie ihm wenigstens dabei Gesellschaft leisten. Elisabeth nickte.

«Warum ist denn Käthe nicht erschienen?», fragte er, «oder kommt sie noch?»

«Nein, sie war verhindert, du wirst die Herren Onkel nachher beruhigen müssen, dass wir ihre Nichte ohne Gardedame empfangen haben.»

«Sie mag mich nicht», meinte Elisabeth, «und übrigens möchte ich das Recht haben, hier im Hause aus- und einzugehen, wie es mir und Ihnen passt.»

Man versuchte ihr diesen Gedanken auszureden, warum sollte Käthe etwas gegen sie haben, aber die beiden Freunde fühlten, dass wohl etwas Richtiges daran sein mochte, und dann versprachen sie, die Frage des unbeschränkten Gastrechts näher zu erwägen.

«Wenn ich wieder zurück bin», sagte Burmann, «ja, ich denke nämlich auf ein paar Tage fortzugehen. Jetzt mitten im Winter, einerlei, ich bin überarbeitet und muss ein wenig ausspannen.»

Noch während er darüber sprach, rasselte das Telefon, und Josias meldete, dass ein Patient dringend seinen Besuch wünsche. Burmann legte die Serviette weg: «Da können Sie sich einen Begriff machen, Elisabeth, was Pflicht heißt. Ein schönes, bitteres Wort, das Sie nur vom Hörensagen kennen.» Damit ging er.

Henning nahm sie mit herüber in sein Zimmer, das sie gerne sehen wollte. Sie betrachtete alles, entdeckte schließlich auch den vergoldeten Schuh auf dem Schreibtisch und fragte, ob der aus seiner eigenen Kindheit stamme. Nein, und Henning begann ihr die Geschichte dieses Schuhes zu erzählen. Elisabeth saß dabei auf dem Schreibtisch und ließ die Füße herabhängen. Es wunderte ihn, dass es sie so erregte, aber sie wurde bleich bis in die Lippen und schauderte sichtlich.

«Ja, mein Gott», unterbrach er sich, «was haben Sie denn? Wenn Sie dies fremde Schicksal so erregt – und Sie wollen Schauspielerin werden?»

«Nein, das will ich nicht mehr», und sie nahm sich wieder zusammen, «ich tauge nicht dazu. Ich tauge überhaupt zu nichts. Was ich auch anfange, immer dasselbe. Aber das sind nicht nur Launen, wie ihr meint. Und mit dem Leben geht es mir genauso. Es ist ja», sie bekam plötzlich wieder Farbe und sprang auf, «es ist manchmal so schön, leichtsinnig zu sein, und dann ist auch das wieder nichts.» Dabei hatte sie ein frivoles Lächeln und sah ihn sonderbar an, dann verschwand das Lächeln, und ihre Augen wurden matt und dunkel. Sie nahm den Schuh noch einmal in die Hand: «Wissen Sie was, Henning», sagte sie langsam und ohne Pose, «am liebsten möchte ich denselben Weg gehen wie diese Hedy, ich habe nur den Mut nicht. Und vor allem nicht allein.»

«Warten Sie noch, vielleicht leiste ich Ihnen Gesellschaft.»

«Warten, worauf?»

«Nun, zum Mindesten warten wir noch das berühmte Diner ab. Vielleicht denken wir nachher alle beide anders darüber.»

Sie schwieg, und er versuchte diese Szene absurd zu finden, aber es wollte ihm nicht recht gelingen. Wenn sie nur jetzt nicht anfängt zu weinen, wie die Kleine damals. Dann werde ich sie zu trösten suchen, und wer weiß, wie das endet, aber Elisabeth weinte nicht, sondern sah ihn gerade an und sagte: «Ist das Ihr Ernst ... ich meine, dass Sie auch solche Gedanken haben?»

Er zuckte die Achseln: «Mir ist eigentlich nie etwas Ernst. Ich hänge weder am Leben, noch sehne ich mich danach, es los zu sein ... aber», fuhr er halb gedankenlos fort, mit einer tiefen Falte zwischen den Augen, «es könnten Umstände eintreten, die mir nicht viel Wahl lassen. Übrigens spreche ich das heute zum ersten Mal aus, komischerweise gerade Ihnen gegenüber. Das ist vielleicht ebenso sinnlos wie unser Irrtum an jenem Abend. Oder es ist nur Hedys Schuh daran schuld.»

«Wieso? Was für Umstände?», wollte sie wissen. Er setzte sich in den Sessel vor dem Schreibtisch und spielte mit dem Federhalter, der vor ihm lag.

«Geldgeschichten, Elisabeth. Ja, sehen Sie mich nur so an. Sie denken, ich sei ein Gentleman, das denken bisher alle, die mich kennen. Ich halte mich ja auch selbst dafür, aber – verstehen Sie – meine Geldaffären sind auf einen Punkt geraten, wo ich eventuell nicht mehr dafür gelten könnte. Das liegt mir nicht, wenn ich auch ein äußerst indolenter Mensch bin, es würde mich doch wohl zu einem Entschluss treiben, der die ganze Sache erledigt. Sie haben doch gewiss schon hin und wieder gehört, dass sich Männer wegen derartiger Angelegenheiten eine Kugel vor den Kopf schießen.»

Das Mädchen sah ihn immer noch an, als habe sie nicht recht begriffen.

«Aber, wie gesagt, ich habe noch eine Weile Zeit, es mir zu überlegen. Jedenfalls gehen wir erst zusammen zu dem Diner. Und jetzt wollen wir spazieren gehen, um auf andere Gedanken zu kommen.»

Unterwegs erzählte er ihr, dass auch Lucy da sein werde. Er sei recht neugierig, wie es nun diesmal mit ihr ausgehen werde. Jedenfalls würde sie nun wohl aufhören, ein Phantom zu sein.

«Und Sie werden uns wohl nicht noch einmal miteinander verwechseln», sagte Elisabeth nachdenklich.

Der Tag des kommerzienrätlichen Festes war herangekommen. Burmann war verreist und Henning den ganzen Nachmittag allein zu Hause. Er befand sich in einem Zustand von unerträglicher Nervosität und ging ruhelos von einem Zimmer in das andere. Dann wieder sah er zum Fenster hinaus oder nach der Uhr, die heute überhaupt nicht vorzurücken schien. Einmal dachte er daran, Käthe aufzusuchen, gab es aber gleich wieder auf. Es war keine Freude mehr dabei, wenn sie zusammen waren, Henning war sich noch nicht darüber klar geworden, ob sie ihre kürzlich geäußerten Zukunftspläne im Ernst gemeint habe, aber er fühlte, dass sie ihn mehr und mehr fallen ließ und sich anderen Gedanken zuwandte. Die Käuze mochte er ebenfalls nicht sehen. Sie würden nur wieder vom Diner reden, und das konnte er nicht mehr anhören, wenn er auch entschlossen war, es mitzumachen. Schließlich kam ihm der Gedanke, Elisabeth aufzusuchen, sie würde ihm wenigstens Gesellschaft leisten, und dann fuhr man gleich zusammen zu Schönlanks. Um sieben Uhr sollte das Fest beginnen, und jetzt war es halb fünf. Er rief Josias und begann sich rasch umzukleiden. Der Alte versuchte einen Scherz, um ihn aufzuheitern.

«Der Herr Baron haben heute Ballfieber wie eine junge Dame.»

«Es ist kein Ball, Josias, es ist ein Diner.»

«Nun, ich meine, das kommt wohl auf dasselbe hinaus. Wenn Herr Baron keine Lust haben, sollten Herr Baron doch lieber nicht hingehen.»

«Du hast leicht reden. – Höre, Josias», sagte er dann, während er vor dem Spiegel stand und den Kragen zuknöpfte, «ich muss hingehen, weil der Kommerzienrat mir eine Stellung verschaffen will ... eine Stellung, Josias ... es wird jetzt Ernst mit uns, blutiger Ernst.»

«Ich weiß, Herr Baron», sagte der Alte, glaubte aber immer noch nicht daran. «Es ist schwer für den Herrn Baron, und unser alter Herr Baron hat die Schuld. Aber es wird gewiss alles wieder in Ordnung kommen, und dann sind wir wieder zufrieden.»

«Meinst du, ich wäre unzufrieden – ja, vielleicht kann man es auch so nennen.» Er hatte inzwischen die Krawatte gebunden und wandte sich nach Josias um, der den Frack bereithielt.

«Es geht mir sehr schlecht, lieber Josias, und vielleicht geht es eines schönen Tages schief mit mir, trotz allen Kommerzienräten. Ich spreche nicht gern darüber, du verlierst sonst noch den Respekt. Aber schließlich kommt so etwas in den besten Familien vor, und da erst recht, nimmt sich aber doppelt schlecht aus. – Es könnte also sein, dass ich fortgehe, ins Ausland oder sonst wohin – man kann das alles noch nicht wissen, und du bleibst dann einfach beim Doktor. Zu meinem Vater möchtest du wohl nicht zurück, oder?»

«Nein, Herr Baron. Aber gehen Herr Baron nur erst einmal zu dem Diner. Dann wird es schon wieder recht sein.»

Josias glaubte absolut nicht an Katastrophen, die über seinen jungen Herrn hereinbrechen könnten, der hatte schon oft so geredet, und es war immer alles geblieben, wie es war.

«Schön, wir sind fertig, ruf ein Auto, und, hörst du, da liegen noch Briefe von heute Morgen auf dem Nachttisch. Wirf die ganze Geschichte ins Feuer, aber vergiss es nicht.»

Unterwegs kaufte er einen großen Strauß Rosen für Elisabeth. Sie war zu Hause, hatte aber Besuch von einigen jungen Schauspielern und zwei Mädchen, die ebenfalls Kolleginnen vom dramatischen Unterricht waren. Die ganze Gesellschaft saß um den Tisch, trank Wein und war laut und lustig.

Elisabeth machte ihm selbst die Tür auf und war sehr überrascht. Voller Freude nahm sie die Rosen an sich. «Danke schön, wie hübsch, dass Sie kommen, und schon in voller Gala.»

«Ich wollte Sie für heute Abend abholen und gleich so lange hierbleiben, wenn ich Sie nicht störe.»

«Gewiss nicht, aber es sind Leute bei mir ...»

«Das habe ich schon bemerkt»– die Tür zum Wohnzimmer stand offen, man hörte Stimmengewirr und Lachen –, «so ertappe ich Sie doch einmal, wenn Ihre Onkel nicht aufpassen.»

«Die sprachen erst davon, mich abzuholen, kamen aber glücklicherweise davon ab. Soll ich die Leute wegschicken?»

«Nein», antwortete Henning und legte im Flur seinen Pelz ab, «ich habe gar nichts dagegen, vor diesem Abendzauber noch etwas Boheme zu mir zu nehmen und mir anzusehen, wie Sie leben, wenn Sie nicht unter Aufsicht sind.»

Er bekam darauf die jungen Künstler und ihre Damen vorgestellt, saß im Frack dazwischen, war liebenswürdig und guter Laune.

«Nun müsst ihr gehen, es wird Zeit, Toilette zu machen», sagte Elisabeth, als es gegen sechs Uhr ging.

Sie wollten nicht, sie wollten bleiben und sie in ihrer Gesellschaftstoilette sehen. Die Onkel hatten sich angestrengt und ihr ein sehr schönes Kleid machen lassen, das nebenan auf dem Bett lag. Sie führte Henning hinein, um es ihm zu zeigen, die anderen hatten es schon vorher bewundert. Dann setzte sie sich plötzlich neben das Kleid auf ihr Bett und sah ihn hilflos an. Er sah erst jetzt, dass sie tiefe Schatten um die Augen hatte.

«Was ist mit Ihnen, Kind?», fragte er, «eben waren Sie noch so lustig, und nun machen Sie ein Gesicht ...»

«Nein, ich bin gar nicht lustig, und ich möchte heute Abend lieber nicht hingehen, einfach zu Hause bleiben.»

«Ich auch nicht, aber nun ist der ganze Apparat einmal in Szene gesetzt. Gehen wir nur, wenn es auch vielleicht keinen Sinn hat», er fuhr sich über die Stirn und sah sie wieder an, «ich fürchte, Sie haben schon einen kleinen Schwips, und mir geht es ebenso. Man muss sich einen Ruck geben, es geht doch nicht an, dass wir beide in angeheiterter Stimmung dort auftreten. Denken Sie nur an Ihren Freier – ja, Augustin war so indiskret, mir davon zu erzählen. Sie sollten sich die Sache jedenfalls überlegen und ihn derweil nicht vor den Kopf stoßen. Geordnete Lebensverhältnisse sind immerhin nicht zu verachten.»

Elisabeth legte den Kopf auf das Kissen und lachte fassungslos, richtete sich aber gleich wieder empor und lehnte sich ein wenig an ihn. Henning streichelte sie sanft und vorsichtig, spielte mit der eigensinnigen Locke, die heute wieder nicht am Platz bleiben wollte. «Liebes Kind, es ist besser, wenn wir jetzt Haltung bewahren, wir haben sie alle beide nötig. Mut, Mut, ziehen Sie sich an, auf dreiviertel sieben habe ich den Wagen bestellt.»

Die anderen lärmten nebenan.

«Ja, gehen Sie hinüber.»

«Ein Teufelsmädel», bemerkte einer von den jungen Leuten, der Eberhard gerufen wurde, und Henning wunderte sich, dass die beiden Mädchen in dieses Lob einstimmten. Es war kein Kolleginnenton, man schien sie wirklich gern zu haben, sprach anerkennend über ihr Talent, ihre Erscheinung und dann wieder über andere Sachen. Die Zeit verging, draußen rasselte ein Auto. Und Henning bemerkte mit Schrecken, dass es schon zehn Minuten auf sieben war. Elisabeth blieb immer noch im Nebenzimmer und schien sich nicht zu rühren. Er ging an die Tür und sah hinein, sie saß in einem hellblauen Kimono und in aller Gemütsruhe vor dem Spiegel, hatte sich frisiert und betrachtete sich nun ganz versunken und mit ernstem Ausdruck.

«Es ist höchste Zeit», sagte Henning, «wir kommen ohnehin zu spät, und bei einem Diner ist das peinlich.»

Sie fuhr herum: «Ach, das ist mir ja so gleichgültig ... Ich muss erst noch ein Glas Wein trinken.»

Damit schob sie sich an ihm vorüber, setzte sich wieder zu den anderen und ließ sich einschenken. Henning ergab sich in sein Schicksal und wartete ab, wie es sich nun weiterentwickeln würde. Ihm war zumut wie in einem Traum, wo man läuft und läuft und nicht vorwärtskommt. Er sah deutlich den peinlichen Moment vor sich, wo sie beide verspätet anlangen würden, aller Blicke sich auf sie richteten, begriff, dass das eine Unmöglichkeit sei, und rang mit dem Entschluss, allein zu fahren. Dann aber kam sie gewiss nicht mehr nach und würde sich große Unannehmlichkeiten zuziehen. Das durfte er keinesfalls auf sich nehmen.

Er beugte sich vor und sprach leise auf sie ein. Die Schauspieler schwätzten untereinander ruhig weiter. Von Henning hatten sie bisher nie gehört, hielten die beiden für ein Liebespaar und wollten so wenig wie möglich stören.

«Ich kann wirklich nicht», antwortete Elisabeth und stützte den Kopf in beide Hände, «gehen Sie allein.»

«Weshalb nicht? Sind Sie krank?»

«Nein, ich bin nicht krank ... es ist etwas anderes. Ich mag nicht, und es hat auch keinen Zweck mehr.» Ganz unvermittelt nahm sie die Hände herunter, sah ihn voll an und sagte: «Lieber Henning, es hilft Ihnen nichts. Sie werden mich doch heiraten müssen.»

Es dauerte eine Weile, bis er begriffen hatte, dass sie in vollem Ernst sprach und um was es sich handelte.

«Das auch noch», sagte er unwillkürlich.

«Und jetzt gehen Sie, ich fühle mich heute nicht imstande, alle die Leute zu sehen, ihnen etwas vorzuspielen. Für sich werden Sie schon eine Entschuldigung finden. Denken Sie auch, wie es sich ausnehmen würde, wenn wir beide mit einer solchen Verspätung ankämen», dabei lächelte sie wieder.

«Entschuldige, Elisabeth», rief eines der Mädchen vom Tisch herüber, «aber ihr kommt wirklich nicht mehr zurecht. Willst du dich nicht anziehen, ich helfe dir. Und dann müssen wir auch fort, wir gehen ins Theater.»

«Ja, komm und hilf mir. Ich ziehe mich an, damit sie nichts merken», sagte sie leise zu Henning. «Und Sie gehen jetzt.» Sie gab ihm die Hand und zog das Mädchen mit sich fort.

Henning ging, aber nur auf die Straße hinunter, lohnte den Chauffeur ab und kam wieder herauf.

Oben war man inzwischen wieder munter geworden, die ganze Gesellschaft beteiligte sich an Elisabeths Toilette. Man half ihr, reichte ihr die Sachen, suchte nach Nadeln, kritisierte, es ging zu wie in der Theatergarderobe, und niemand ließ sich dadurch stören, dass Henning wieder erschien.

«Närrische Leute seid ihr», sagte Eberhard, «jeder von uns wäre froh darum, bei Schönlanks zu verkehren, und ihr verplaudert die Zeit, als ob das gar nicht der Rede wert sei. Ihr werdet um eine Stunde zu spät in die Gesellschaft hineinplatzen, und das macht einen verwünscht schlechten Eindruck. Pass auf, Elisabeth, man wird dich nie wieder einladen.»

Elisabeth sah sehr hübsch aus in ihrem lichtgelben Kleid mit einer von Hennings Rosen im Haar, und diesmal war alles an ihr in tadelloser Ordnung, selbst die Frisur ließ nichts zu wünschen übrig. Sie nahm den Rosenstrauß in die Hand, verneigte sich mit gemäßigtem Salonlächeln, hielt eine Entschuldigungsrede an einen fingierten Kommerzienrat, etwas von oben herab wie eine große Dame, die sich wohl einen Verstoß gegen die Etikette leisten kann, und trieb alle mögliche Allotria.

«Nun stoßen wir noch einmal an», sagte sie dann, «auf das Haus Schönlank, und ob es uns Glück bringen wird. Kinder, ihr wisst ja gar nicht, was alles von diesem Diner abhängt. Und dann geht ihr alle. Ich habe es mir überlegt, ich erscheine erst nach Tisch und nehme derweil meine Rolle noch einmal durch. Und Sie, Baron?»

«Wenn Sie erlauben, warte ich auf Sie, ich werde mich ganz still verhalten.»

Zehn Minuten später waren alle gegangen und die beiden allein. Sie sprachen noch lange miteinander und fuhren dann in die Stadt, um in einem stillen, eleganten Restaurant zusammen zu Abend zu essen. Und dort kam eine beinah leichte und fröhliche Stimmung über sie. Sie saßen sich gegenüber, beide immer noch in Gesellschaftstoilette, Elisabeth hatte ihre Rosen mitgenommen. Das Diner war endgültig aufgegeben.

«Und haben Sie jetzt wirklich noch den Mut?», fragte Henning lächelnd. «Sehen Sie nur, wie das Leben wieder hübsch und verlockend aussieht, sobald man aus den eigenen vier Wänden, die alles wissen, herauskommt.»

«Man müsste ja doch wieder dorthin zurück, und dann geht es wieder nicht – mit alledem, was man sich angerichtet hat.»

«Nein, gewiss, es geht nicht», sagte Henning. «Für mich wenigstens steht das ganz fest – ich bin fertig, rien ne va plus. Das weiß ich schon seit einigen Tagen, ich dachte eigentlich nur um Ihretwillen heute noch dorthin zu gehen. Aber Sie?»

«Ich würde es sonst ja doch allein tun», antwortete Elisabeth mit Festigkeit, «heute, morgen oder in drei Wochen, was sollte sonst aus mir werden.»

«Wir können es ja auch noch überlegen», meinte Henning.

«Wenn wir nun das Diner nicht versäumt hätten ... Jedenfalls denken jetzt verschiedene Menschen an uns, und warum wir nicht da sind. Zum Beispiel der Mann, der mich heiraten möchte.»

«Wäre das nicht noch ein Ausweg gewesen, Elisabeth?»

«Nein.»

«Und Lucy wird da sein», sagte er, «nun bleibt sie doch ein Phantom. Auch der verdammte Schwede – ich habe Ihnen doch erzählt ... spätestens am 15. Februar, das ist übermorgen. Damit behält er nun vielleicht recht, wenn es auch anders gemeint war.»

Elisabeth war tief in Gedanken versunken, und manchmal kam ein verstörter Zug in ihr Gesicht, wie bei Menschen, die nicht mehr ganz bei Verstand sind. «Wenn wir uns wenigstens geliebt hätten», sagte sie, «dann wäre es viel schöner.»

«Ja, was können wir dafür? Das Schicksal hat uns auch ohne das zusammengeworfen und hat es nicht ganz geschickt gemacht, wie so oft. Es würde uns übrigens nicht viel nützen, Kind, wir würden nur etwas mehr am Leben hängen.

Aber ich mache Ihnen einen Vorschlag, Elisabeth, wir nehmen einen Nachtzug, fahren irgendwohin, an einen anderen Ort, und bleiben noch einen Tag beisammen oder zwei. Dann wünsche ich spurlos von der Bühne zu verschwinden. Was Sie tun wollen, steht bei Ihnen.»

«So wie ich da bin?», fragte sie, «ich möchte nicht noch einmal nach Hause.»

Henning lächelte: «Gut, bleiben wir so, wie wir sind, zum Andenken an das Diner mit all seinen schönen Verheißungen. Wir haben ja die Mäntel darüber. Kommen Sie, Kind, machen Sie sich fertig.»

Auf dem Weg zum Bahnhof zog er sie an sich: «Ob wir uns nun lieben oder nicht, jetzt bleiben wir zusammen, und es kann nichts Schlimmes mehr kommen. Mir war schon lange nicht mehr so froh und leicht wie heute Abend.»

Die Käuze saßen am anderen Tag ratlos und verstört bei ihrem schwarzen Kaffee. Weder Elisabeth noch der Baron Henning waren gestern Abend im Hause des Kommerzienrats erschienen, sie hatten sich nicht einmal entschuldigt und ließen sich auch heute nicht blicken. Man hatte sich nach Henning erkundigt und von dem alten Josias erfahren, dass er seit gestern Nachmittag nicht mehr zu Hause gewesen sei, und zwar wäre er im Frack fortgegangen. Aber schließlich – man kannte ihn, und er hatte manchmal seine Einfälle, jedenfalls beunruhigten sie sich mehr um Elisabeth. Es wurde auch zu ihr ein Bote geschickt, er fand die Wohnung unverschlossen, aber sie war nicht da. Die Leute im Hause erzählten, dass gestern eine Gesellschaft von jungen Leuten bei ihr gewesen sei, die sie nicht näher zu beschreiben wussten, verschiedentlich hatte man auch Autos vorfahren hören.

Augustin war wie vor den Kopf geschlagen: Was mochte das Mädchen angestellt haben – war sie etwa mit diesen jungen Leuten fortgefahren? Und wohin?

«Wir hätten dies Alleinwohnen niemals zugeben sollen», sagte er, «ganz abgesehen davon, dass dies mit Schönlanks eine peinliche Affäre war, die schwerlich wieder in Ordnung zu bringen ist – wenn sie nun in schlechte Gesellschaft geraten ist, in einem unbewachten Augenblick auf leichtsinnige Streiche verfällt ... Dergleichen kommt ja vor ...»

«Elisabeth ist ein Kind», sagte Leidhecker beschwichtigend.

Käthe hatte in Bezug auf Erasmus andere und mehr zutreffende Ahnungen, und in plötzlicher Angst rief sie Burmann telegrafisch zurück.

Wieder ging die Kunde von einem aufregenden Doppelselbstmord durch verschiedene Stadtviertel – diesmal atmeten die Eltern der jüngsten Generation erleichtert auf, denn der ominöse Verein hatte nichts damit zu tun. – Und wieder traf es Burmann, die Toten zu rekognoszieren, da er durch einen langen Brief von Henning orientiert war.

Später erzählte er Käthe, Erasmus habe wieder ausgesehen wie ein schöner Stierkämpfer mit breiter Stirn und breiter Brust und unendlich froh, nicht mehr in die Arena hinabsteigen zu müssen. Dann las er ihr aus Hennings Brief vor. Er sagte darin, es sei alles sehr merkwürdig gekommen, aber er habe noch für eine kurze Weile etwas kennengelernt, das er beinah für Glück halten könnte. Ihn, Hans Burmann, bäte er, den alten Josias zu behalten und seinem Vater möglichst schonend alles mitzuteilen. Es sei wirklich kein anderer Ausweg mehr für ihn gewesen, und er zählte hierfür Gründe auf, die Burmann beim Vorlesen mit Schweigen überging. Käthe möge er in aller Freundschaft grüßen und so weiter.

Während er ihr das vorlas, erlebte er es zum ersten Mal, dass sie weinte. Sie mochte ihn doch wohl geliebt haben, dachte Burmann.

Dann kam der alte Baron an, er wurde allmählich vorbereitet, wie das immer zu geschehen pflegt, und nahm alles gefasst entgegen. Bei dem Begräbnis seines Sohnes drückte auch der Kommerzienrat Schönlank ihm in tiefer und echter Ergriffenheit die Hand. Er ließ es höflich über sich ergehen, und der unnahbare Zug um seinen Mund wich keinen Augenblick.

Den Abend verbrachte er mit Käthe und Hans Burmann, ließ sich, was sie wussten, über Elisabeth erzählen und nahm Hedys vergoldeten Kinderschuh als Andenken an sich, weil ihn dieser ganz besonders an seinen letzten Besuch erinnerte.

Bei der Trauerfeier auf dem Friedhof waren auch die vier Schüler vom Selbstmordverein erschienen. Sie hatten von der Tragödie gehört, und obgleich man ihnen auch dieses Mal, wo sie ganz unbeteiligt waren, nicht mit freundlichen Blicken begegnete, ließen sie es sich nicht nehmen, einen Kranz auf das Grab zu legen.